50代、足していいもの、引いていいもの

岸本葉子
Yoko Kishimoto

中央公論新社

目次

50代、足していいもの、引いていいもの

「昔の人」になってきた?

さきの東京オリンピックは、三歳だった私は記憶にないが、少し年上の知人はよく覚えているという。競技場の近くに住んでいて、旗を配られ沿道で振ったそうだ。

その思い出を、趣味のランニングのサークルで話したら、仲間に「ええーっ」と声を上げて驚かれたという。「その頃、もう生きていたんですか?!」。

三十代である仲間にとって、一九六四年のオリンピックは、古いニュースフィルムの中のできごと。今と違って画質も悪く、あのときの空気を吸っていた人が、同じサークルに属し、揃いのタンクトップでいっしょに走る中にいるとは、にわかに信じがたかったらしい。「なんか急に、昔の人に思われたみたい」と当人。

「歴史の生き証人化」しつつあるのは、私も感じる。仕事で会った女性に、バブルの頃の話をしかけると「あ、そういう時代があったって学校で習いました」。

社会人として交わる中にも、リアルタイムで知らない人が出てきている。共通体験があるものとして「あの頃は」なんて無前提に語り出してはいけない。「一九八〇代後半から九〇年代初めにかけて、バブルと呼ばれた好景気の時代がありまして」と註釈を加えなければ。

元号が変わって私もついに、三つの御世を生きる人になった。少し前まで三つの御世を知る人なんて、稀なる古老という感じだったが、新元号のもとでは、三十代でもざらである。

それだけ昭和が長かったのだ。昭和のできごとと現在との距離感は、ますますとらえにくくなっていくだろう。

昭和館という博物館を訪れた子どもの作文コンクールに、私は携わっている。戦争で変わる暮らしとその後の復興を知るものだが、今の子どもは「スマホもゲームもなかった」ことに衝撃を受ける。ベースとなる日常生活が違いすぎ、戦争によって物資が欠乏していくという、事の本筋を理解するのが、たいへんなのだ。

ネット通信は、昭和の終わりでもまだ普及していなかった。「調べ物には、図書館に行った」「写真を送るには、紙焼し郵便で出した」。ギャップを埋めて、距離感をつかみやすくするため、うるさがられない程度に、語り継いでいきたい。

もしかして詐欺

うららかな昼、夫の営む理容店にいた六十代女性のポケットで携帯電話が鳴った。本人から聞いた話の再現である。大手ショッピングサイトの通信事業部を名乗る男性からで、曰く、あなたの昨年の端末利用料二九万八千円が未納のため、明日、地裁から執行命令が出る、本日中に振り込めば執行命令は停止され、差し押さえは免れる。

「ど、どういうことでしょう」。地裁だの執行だの、ものものしい用語に動転しつつも、お客さんに漏れ聞こえてはいけないと店外へ。ガラス戸の中では夫がお客さんの髪を洗っている。あのシャンプー台も散髪道具も差し押さえられたら、商売ができなくなってしまう。

「その端末とやらを、利用した覚えはないんですけど……」「いえ、確かに契約されています。だからこそ、この番号にお電話しているんです」。ショッピングサイトそのものは昨年、こげつきにくい鍋を買うため利用した。そのときに何か操作を誤り、通信がつながりっぱなしになったのか。自分のミスでこんな事態を招いてしまい、夫に何て言えばいい？

震え声に同情してか「こちらでもご利用状況を確認します」。キイボードを叩く音の後、「ああ、たしかにご利用されていませんね。二九万八千円まるまるは気の毒だ」とつぶやき「じゃあ、こうしましょう」。執行命令を無効にする手続きをこちらはとるから、あなたはあなたで二九万八千円を予定どおり振り込む、そうすれば後日九五パーセントが返金されると。女性は深く溜め息をついた。夫に黙って処理したかったが、一時的にであれナイショで動かせる額ではない。

そうだ、あの子に相談しようか。小さいときから散髪に来ている近所の男の子が、頭はよかったらしく弁護士になったと聞く。「私ではよくわからないので、弁護士さんからかけ直します」。とたんに電話は切れてしまい、番号は非通知になっていた……。

「危なかったですね」。胸を撫で下ろす私。架空請求詐欺の典型だ。子や孫を装う手口に代わって急増中と、新聞で読んだ。

町内会からもよく注意喚起のチラシが来る。実際に詐欺に遭った人たちの体験談も載っていて、異口同音に言うことが「ニュースでは知っていたけど、まさか自分が騙(だま)されるとは思わなかった」。手口はどんどん巧妙になっているのだ。

そんな話をして帰ったところ、私の携帯電話にショートメールが。「お客様宛のお荷物をお届けに上がりましたが不在のため持ち帰りました。下記よりご確認下さい」として大手宅配業者を思わせるリンク先が載っている。

クリックしかけて、ちょっと待て。これまで不在のときのお知らせは紙であり、ショートメールが入っていたことはない。怪しい。

宅配業者のホームページを調べると、今まさに横行している手口として注意喚起されていた。私もまた危なかった。

ふだんとは違うことが起きたら、ただちに行動しないでひと呼吸おこう。付け加えれば、電話番号を相手が「知っている」ことは関係者である証しにならない。向こうは単にあてずっぽうで数字を打ち込むだけだろうから。

騙されやすい人

帰宅すると家の電話が鳴っている。息せき切って受話器をとれば、相手は自動音声だ。最初の方は聞き取れなかったが、何かのアンケート調査と言う。「○○の方は1を、××の方は2を押して下さい」。協力するとも言っていないのに、一方的に質問してくる。似たような音声は、留守番電話にときどき入っている。「ああいうアンケートって効果があるのかな。辛抱強く聞いて、回答してあげる親切な人、どれくらいいるんだろう」。知人との間で話題にすると、

「それは詐欺」

断言された。いいように誘導されてお金を騙しとられるか、詐欺の前段階としてこちらの情報を収集されるかだと。

知人の言うに、固定電話を使っているのは高齢者が多い。それを狙ってか「今、固定電話にかかってくる電話ってロクなのがない。基本、出ない」とまで。

私も、とれば勧誘ということがほとんどだが、仕事の電話も稀にあるので、個人事業主としては出ないわけにいかない。

防御策になればと、よくある手口を調べてみた。子や孫のフリをする典型的な振り込め詐欺の他、電気、ガス、通信会社をかたるものも多いらしい。

そう頭に入れたところへ「ＮＴＴをかたる詐欺についての注意喚起です」という電話が来て迷った。もしかしてこの電話そのものが詐欺？　つい疑り深くなる。

本物だと悪いし、機械でなく人がかけているので無下にも切れず「わざわざどうも。よく気をつけますので、はい」などと妙に丁寧になってしまった。

通信会社のサイトには、騙されやすい人の特徴として、反応が大きく素直に驚く人が挙げられていた。私はその傾向にあり、危ない。ページの最後に、怪しい電話なら警告するアプリを三〇日間無料で試せるとあって、クリックしかけ、やめる。これも詐欺では？もう何を信じてよいやら。

先日は同業者組合の会報に詐欺被害の例が載っていた。昔出版した本を電子書籍にするからといわれ、振り込んだそうだ。そんなニッチなところまで、魔の手が伸びてきているとは。

いろいろな例を知っておき、その手に乗らないようにしよう。

親切に弱くなっている

携帯電話を使うことがほとんどだが、固定電話もないと困る。わが家のはファクスと兼用で、コピーもとれる。そのファクス電話が突然通じなくなった。「回線診断」というメニューを押すと、紙が出てきて、回線に異常はないと記されている。するとファクス電話の機器の方の故障？　修理ですむのか、買い替えか。その紙と取扱説明書を持って、三年前に購入した店へ出向いた。

幸い、ファクス電話のある階は空いていて、レジカウンターにも客がいない。「ファクス電話の買い替えの相談に来ました」。前にここでいただいた商品はこれで、こういう不具合が起きていてと、取説と紙を出しかけると、スタッフの若い男性は、「まず買い替えか修理かを決めていただかないと、何もできません」

は？　気を呑まれる。私の方はスタッフの商品知識と経験を頼み、「この状況だと買い替えですね」「修理で直るかもしれません」あるいは「この機器の回線診断は割と不確かで、実は回線の問題だった例も多く報告されています」といった助言を期待していた。期待が間違いだとしても、前の商品はこの店で購入し、今日も半ば買う気で来ている。

「いつもお買い上げありがとうございます」くらいのワンクッションを挟んでもいいのでは。

「買い替えか修理かを決める情報を得たくて、スタッフのかたのいるここへ来ました」と言うと、修理代金はいくらからで期間はこうで、店頭に持ち込むかあるいは送料負担で、と何かを読み上げでもするかのような案内をとうとうとする。お金も日数もかかりそうなので「買い替えにします」と告げれば、

「商品はあの棚にありますので、選んでお持ち下さい」

はあ。今度は溜め息。買うと決めて選ぶだけなら、わざわざ足を運ぶことなかった。私はその店のネットショップの会員でもあり、そちらで買える。なんか近頃はここに限らず、店頭でもコールセンターでも「これだったらAI（人工知能）でよくない？」と思う応対が多いような。人手不足のためAIへ移行する準備として、定型的な応対に客を慣れさせようとしているのではと考えてしまうほど。

言われた棚にコピー付きのファクス電話はなく、別の階のコピー機売り場へ行ってみた。そこで出会ったスタッフはまったく違うタイプであった。前にこの店でいただいた商品はと取説を出すが早いか「あー、いつもお買い上げありがとうございます」。こういう不具合が起きてと話せば「それはお困りですね。お急ぎなら買い替えも充分ありだと思いますよ」。こういう応対を欲していた！　こちらの身になって理解や共感を示してくれる応

対だ。

わかりやすい親切に弱くなっている自分を感じる。定型的な応対が世の中に多くなるほど、たぶんますます。詐欺に遭った高齢者が「親切な人だったから」とニュースなどで言っているのがうなずける。私も気をつけねば。いえ、あの、深く同情してくれたスタッフが、言葉巧みに買い替えへ誘導したとは、けっして思っていないけど。

スマホの「困った」

平日に三日間家を離れる用があった。メールはふだん自宅のパソコンでやりとりしているが、スマホでも受信できる。行き先は国内なので、通信の問題はないし。

一日目も受信メール一覧の画面を折にふれて見ていたが、いちばん上に出るのはずっと前の晩に来たメール。ふだんは広告のメールがやたら入り、それらを削除するのが朝の習慣になっているほどなのに、めずらしい。

二日目の午後もそのままで、少々めげる。仕事の注文や問い合わせもメールで来るが、二日間で一件もないと「私って売れていないのだな」と。それにしても広告のメールすら、こうも来ないのは妙である。在来線に乗ってから、この間によく見ようと老眼鏡をかけて受信メール一覧画面にふれれば「同期できません」の表示。同期生とか同期入社とかは言うけれど「できません」とは。

「要するに、今現在の情報を取得できないってこと?」移動中で電波が悪いのかも。

ホテルの部屋に落ち着いてから、再び試すとやはり「同期できません」。電波のマークは立っていて、そちらの問題ではないらしい。「詳細」をクリックすると、お使いの端末の容量がなんたらかんたら、と出る。

「要するに、スマホの中がいっぱいだから入りませんってこと?・」。さっきから「要するに」ばかりだが、言われていることがよくわからない私は、推察するしかない。しかし広告メールは片っ端から、仕事のメールも返信の済んだものから消しているのに、まだいっぱいなのか。

容量をとりそうな動画や音楽に関するアプリを削除。他の使った覚えのないアプリもどんどん減らしていったけど依然「同期できません」で受信できぬまま。このままでは私、連絡のとれない人になってしまう。

スマホで困ったとき、私たち世代が考えるのは「若い人に聞く」ことではないだろうか。私もそうで、部屋を出てフロントへ降りていった。が、スマホを託した三十代と思われる男性も、眉をしかめ悪戦苦闘している。

私は決めた。通信会社のいちばん近い営業所を調べてもらって、今から行こう。在来線の駅周辺になければ、新幹線の駅まで戻って。営業所が閉まらぬうちがいい。そう言いかけたところで、フロントのもうひとりの男性が代わって私のスマホを操作し、私へ向けて「こんなにたまっていました」。

画面には上から下まで広告が。「冬の味覚を食する旅」「新年会におすすめの店」「帰省土産はお決まりですか?」と季節外れのものがいっぱい。いったいいつから、どこにたまっていたの？　その場所を教えてもらった。要らないものをときどき捨てないと、今回のようなケースが起こるらしい。スマホ購入以来、一度も掃除していなかった、というか、そんなところがあるのを知らなかった。スマホを買うとき取説が付いてくるわけでもないのに、そういうことがわかるなんて、すごい。同時に「若い人」皆がわかるわけでもないことに、少しほっとする。

　ちなみに同期とは、端末と端末、今回のケースならパソコンとスマホのメールを同じ状態にすることという。皆さんにはすでに常識かも。

はじめてのフリマ

　知人がフリマアプリで服を売ったという。ネット上で運営されているフリーマーケット（以下フリマ）のしくみである。会員登録をした上で、スマホで撮った服の写真に、価格と説明をつけて送信。買った人がいると事務局からお知らせが来るので、案内に従い手続きをする。「やってみたらすごく簡単だった」。ネット上のオークションに出品したこともあるそうだが、それよりも楽だったので、今後モノを減らすのに利用していくつもりと。

　フリマは、私は買う方で利用したことがある。欲しいストールが店では販売を終了しており、オークションにもなく、フリマで探したらあった。オークションでものを買ったこともあるけれど、たしかにフリマの方がシンプルな印象。「購入する」をクリック、商品が届いたら笑顔マークをクリックすれば、受け取り連絡兼評価の投稿となり、メッセージのやりとりもなくてすんだ。

　が、それはフリマ初心者ゆえの早とちりだったかも。次に購入したいものがあったとき、出品者のめやすとしている発送日が、私が家にいない期間にかかりそうだった。向こうにしたら、商品を送ったのに代金が来ない状況になる。代金は、評価が投稿されてはじめて事務局から支払われるのだ。

コメント欄があったので、購入前にそのことを書くと、出品者から連絡が来た。「専用」として取り置きするので、帰宅後購入してはどうかと。「××様専用」という文字が商品画像に被(かぶ)っているものがよくあり、何だろうと思っていたが、このことだったか。「フリマは原則、早い者勝ちですが、利用者が利用しやすいよう独自のルールを設けているんです」と出品者。そうなのか！

ルールは各出品者のプロフィールに書かれているという。試しにいろいろ読んでみると、これが実に千差万別。「即購入禁止。購入前コメント必須」。えっ、出品されているのに、買っていいですかって聞かないといけないの？「即購入優先。コメントのみお断り」それだと、買っていいですかとコメントして返信を待つ間に、他の人に買われてしまわない？「即購入可ですが、購入後必ずコメントを入れて下さい。最低限のマナーです」。ということは前回、無言で購入してしまった私は、すごく非常識な人だった？もう何が何やら……。質問しっぱなしもマナー違反とされるのか、「ごめんなさい、せっかく回答をいただきましたが、思っていたのと違うみたいなので、ちょっと考えさせて下さい」などと超ていねいなやりとりも。

これなら、オークションの方がかえってシンプルかも。あちらは出品＝売る、入札しない＝買わないとの意思表示とされ、購入可能かといった質問はなかった。フリマはクリックの回数こそ少ないけれど、原則どおりにいかない不文律のようなものがあり、しかも人によって違ってややこしいし、メッセージのやりとりは逆に多くなるような。

どっちが楽と感じるかは人それぞれだろうし慣れもありそう。私は……少なくとも出品は、当分しないかも。

傘の耐用年数は

一日じゅう本降りと、朝の気象情報で言っていた日、長い傘をさして家を出た。たいていは折りたたみ傘ですませるので、長い傘は久しぶりだ。

歩きはじめて三分もしないうち、手の甲が濡れてきた。ハンカチで拭こうと、傘を持ち替えたり、脇に挟んだりするにつれて、あちこちが。風はそう強くないけれど、それでも吹き込んでくるのだろうか。

やがて気づいた。傘のはしの方にある肘や肩には、さほど雨がかかっていない。傘の柄を握っている手がもっとも濡れる。もしやと思い、柄につながる中棒を見れば、上から下へひっきりなしに水がつたっている。傘が雨漏りしているのだ！

「どうするかな」と唸(うな)った。夕方までずっと外出の予定だ。どこかで代わりを調達するか。が、どうしてもその場しのぎの傘になりそう。がまんしてさし続けた。

翌日は晴れ。傘を乾かしてから、仔細に点検した。てっぺんの縫い合わせ部のほつれや破れ、金具のゆるみ、いずれもない。点検の目を骨に沿って移していったが、生地が外れている箇所の、先の部分の欠けもなく、かなり堅牢な印象だ。

顧みれば二〇年近く使っている。「頑丈にできているなあ」と感心した。

片づけコンサルタントの人の話を、何かで読んだことがある。依頼者の家に行ったらモノでいっぱいで、ビニール傘だけでも何十本と出てきたという。その人に言ったそうだ。「いますぐ一万円の傘を買いなさい、ビニール傘をやめなさい」。

ビニール傘が悪いとか、高いからいいとか言うわけではないだろう。趣旨はたぶん「安いからといって安易に手を出すな、ひとつのものを長く使え」。

公共の建物や駐輪場の出入り口などにビニール傘が置き去られ、骨が折れていたり、錆で変色したビニールがはためいていたりするのを、私もよく見ていたが、あの荒涼たるありさまが、使い捨て生活の裏側を象徴するようでこわくなった。以来、間に合わせで傘は買うまいと、意地になってしまっている。

雨漏りする傘を自分でも修理できるか調べると、生地の穴や金具の隙間があるなら接着剤で埋める、防水スプレーをするなどの方法が紹介されていた。ただ生地そのものの防水性は、時とともに劣化するそうだ。たしかに私の傘も生地に雨がしみ込むようで、内側まで湿り、使った後の乾きも悪い。

ビニール傘以外の傘の平均耐用年数は、生地が三、四年、骨組が五、六年。生地をコーティングしたり骨組みを直しに出したりで、もっと長く使うこともできるが、一〇年以上だと、元値より修理代が高くなるという。二〇年もったのは、いい方かも。

とりあえず防水スプレーはした。それでも漏るかどうかは、使ってみてのこと。次の本降りが、処分するかどうかの決断のときになりそうだ。

空焚きしていた！

昼食のためガス台の魚焼きグリルに干物をセットし、スイッチを押した。換気扇のスイッチも入れ、「そうだ、寝室の窓を閉めないと」。朝起きてから少し開け、風を通してある。そのままだと換気扇の排出した煙が、流れ込んでくるのだ。

寝室へ行き閉めたついでに、風の運んできた土埃（つちぼこり）を拭いていると、ピシッという、薄いガラスにひびの入るような音がした。住んでいるのはマンションだ。どこかの住戸の窓ガラスが破損したのか。まさか泥棒？　いや、窓ガラスの厚みからして、その場合はもっと重量感のある音がするはず。

それ以上は気にとめず、土埃を拭き終え、キッチンに戻ってきた私は棒立ちになった。コンロの上でガラスのポットが、底の半分ほどが割れ、周囲に破片が花弁の散るように落ちている。下には青いガスの炎。

グリルのスイッチではなく、コンロのスイッチを押していたのだ。そこへはたまたま、洗ったポットを置いていた。いくら耐熱ガラスでも直火で、しかも空焚きされてはひとたまりもない。

慌てて火を消しポットを下ろし、五徳に張りつきそうになっている破片をはがそうとすると「熱っつつ」。合成樹脂でできた取っ手も、下の方は溶けかかっている。キッチンに戻るのがもう少し遅く、燃え出しでもした日には……と思うと、ゾッとした。

こわすぎる。

火の不始末はもっとも危ないミスのひとつ。うっかりミスが増えている私だが、それだけは注意しようと思っていた。認知症の出はじめた親のもとへ通っていたが、キッチンの壁に焼け焦げの跡をみつけ、同居あるいは施設入居に踏み切ったという人が、周囲にどれほどいることか。自立を脅かしかねないミスなのだ。

私もついにこういうミスをするようになったか。しかし寝室の窓を朝開けたことは覚えており、換気扇を回して「そうだ」と思い出すこともできている。その記憶力とのギャップにとまどう。

いい方に考えるなら（？）習慣的な動作によるものかも。少し前まで二〇年間使っていたガス台は、グリルとコンロのスイッチの並びが、今のとは逆だった。前の配置のつもりで押してしまい、「違うじゃない」とやり直すことは、ガス台を変えてから何回かあったのだ。

考え事をしていたせいもありそう。スイッチを押しつつ頭の中は、「これを食べ終わったら掃除機をかけて、いや、その前に洗濯物を取り込まないと」と先々の段取りでいっぱいだった。

どこを押しているか、火が点いたかどうか、ひとつひとつ目視していればすんだこと。駅や工事現場など安全第一のところで、指差確認の励行されているわけが、こうなるとよくわかる。あれをまねすれば、私もまだまだだいじょうぶなはず。

やかんを新調

やかんを新調した。使い続けてきたホーローのやかんを、あるときふと覗き込むと、底の方に鉄錆のようなものがびっしりと。

体への害はないかもしれない。が、使いづらさも感じていた。持ち手や蓋のつまみが熱くなるし、注ぐのに深く傾けると蓋が落ちるので、両手にミトンをはめないといけない。今後、手元が危うくなっていく身だ。買い替えを決意した。

購入したのはステンレスの平たいもの。持ち手と蓋のつまみは黒い樹脂で、これぞやかんというべき形だ。ガス台の五徳に載せてみると、大きい！ 前のはほっそりした、円筒形に近いもので、五徳がかなりはみ出ていたため、余計そういう印象になるのだろう。

湯をわかしてみて、今度は早さに驚く。「えっ、もう？」という感じ。前のを相当長く使ったので、わくまでの時間を体で覚えており、火にかけてから、コーヒーフィルターを出すなど、あれやこれやの準備をするが、整わないうちに湯気を噴いている。同じ量をわかすのでも、やかんによってこうも違うのか。

調べれば、底の面積の大きい方が早い。当然ではあるが、前のほっそりしたのは、よく行く喫茶店で、珈琲職人と呼びたい雰囲気の人が使っていたので「プロが選ぶからには、何らかの機能性があるのだろう」と思って買った。見た目のよさも、むろんあった。今回わかったのは、ホーローのあのタイプは、わくのは遅いが冷めにくい。特質を理解した上で、自分の使い方に合うのを求めるべきだった。

今回ついでに知ったのは、やかんの内側も洗わないといけないこと。水の中のミネラルなどが付着するそうだ。常識？　私は「水しか入れないんだから、汚れるわけない」と放置していた。

さらには、一回一回空にすること。これも私は逆をしていた。「万一空焚きするといけないから、少し水が残っているくらいが安心」と。錆が生じるわけである。

圧力鍋などの複雑そうなものと違い、やかんは当たり前のように身近にあったし、単に湯をわかすためだけの道具と思うので、「使い方」があるなんて考えたこともなかった。

新調を機にまずは、一回ごとに空にすることからはじめよう。水の無駄をなくすことにもなりそうだ。

重い鍋にさようなら

二〇年来使っている鍋がある。楕円型(だえんけい)をしたホーロー引き鋳物鍋で、フランスの会社であるメーカー名を知らずとも、雑誌やテレビで必ずや目にしていよう。キッチンをカラフルに彩り、熱回りと保温性は「料理を美味しくする」と、その道のプロも絶賛。耐久性に関しては、百年鍋と呼ばれるという。

思えば、その鍋を買った三十代後半は、日用品全体をグレードアップさせた時期だった。自宅の購入を機に、家での暮らしの充実にめざめる。「敷居を跨(また)げば七人の敵あり」とされる社会生活に対して、私的な空間は癒やしの場。二十代ほどの元気もなくなり「やっぱり内側から整えないと」と外食比率を下げるなど、いろいろな条件が重なった。三万円超と鍋にしては高いが、一生モノのつもりで購入。

その鍋がとみに重く感じられる。何しろ空の状態で四キロもある。この重みこそ美味しさの秘訣だろうと、よきに解釈してきたけれど、近頃はかなりこたえる。特に濯(すす)ぐときだ。洗剤つきのスポンジでこすった後、水を入れて揺すり逆さに空けることを繰り返すが、重みに手首をひねりそうになる。いつか手首を脱臼するか、とり落として人造大理石のシンクにひびが入るかするのでは。

使う回数は多くなっている。年とともに食の好みが昔の日本人的になり、煮魚をよく作る。楕円の形状は、まさにうってつけ。

この人はどうしているのかと、久々に再会したとき探りを入れた。定年後フリーで働く男性で、現役時代は食道楽で知られ、自らも厨房に立つらしく、打ち刃物はどこの、焼き網はどこのでないと、とうるさ……もとい、詳しかった。「昔買った鋳物鍋が重くて」と話すと「道具だって、今の自分に合わせて使い勝手のいいのに変えていかなきゃ」。

楕円鍋、軽量、焦げつきにくい、でネット検索。楕円にこだわるのはふつうの円だと、煮汁が魚のないところへも広がり無駄が多いためだ。

販売者への要望。鍋は重さを明記してほしい。梱包重量でなく商品そのものの、できれば蓋を除いた重量も。蓋は外して洗えるのだから。

一・三キロのアルミ鍋を購入。味は違いを感じなかった。二〇年間愛用の鍋とは、かくしておさらば。鍋は百年もつとしても、私の方の耐久性が無理だった。コート、ネックレスと進んできた軽量化、次なる品は何だろう。

収納と体力と

家の中はなるべく片づけるようにしている。職場が外にない私にとって家は、寝に帰るだけでなく、仕事、食事と、一日の多くの時間を過ごす場所。散らかっているとすべての意欲が減退する。守っているのは、床にモノを置きっぱなしにしないこと。所定の位置へ速やかにしまう。

狭い家だ。所定の位置はスペースに無駄のないよう決めてある。が、これは「強者の収納」だなとときどき思う。

例えば乾いた洗濯物を腕いっぱいにとり込んできて、とりあえずベッドに下ろす。仕事の続き、食事、後片づけ、メール処理など経て、風呂から上がり寝室へ来たところで、「あー、そうだった」。洗濯物をしまわない限り寝られない。

ベッドから床へ下ろすだけで寝てしまいたいところだが、自らの掲げた原則に反するので、疲れた体にムチ打ってたたむ感じになる。

「所定の位置」がまた面倒。スペース効率のよい収納のため、インナーもソックスも立てる収納だ。図書館で引き出しに入れてあった目録カードのように、垂直にして前後に並べる。それも何がどこにあるか見てすぐわかるよう色ごとに。

　黒のソックスなら同じ黒のまとまりの中へ、前後のソックスをつぶさないよう、手で隙間を作って押し込む。洗濯物のひとつひとつにそれをするのは、億劫でないと言うと嘘になる。

　別の例は、外出から帰ってきて。靴を脱ぐ前、玄関の床に荷物を下ろす。鞄、スーパーで買ってきたもの、郵便物、新聞。置きっぱなしではいけないと思うから、郵便物は仕事部屋へ。仕事部屋には古紙をためておくボックススツールがある。

　開封しＤＭはボックスへ、支払通知は本棚のファイルへ、宛名部分のセロファンはごみ箱へ、掲載誌は当該ページを切り抜いてからボックスへと、その場で仕分けすればいいのだけれど、すぐにはできず、とりあえず未開封のままスツールの上へ。しばらく後、読み終わった新聞をリビングから持ってきて「あー、そうだった」。ボックスへ投ずるには、スツールの上のをどかさないと。仕分けがまだなので、とりあえず床へ。

　要するに今のシステムは、収納できる状態にただちにすることでうまくいっており、怠るとたちまちモノが滞留する。

　この先体力が弱まると、床にモノを置きっぱなしにしない原則は崩れていきそう。何らかの改変を加えるべきかも。

「リボンの騎士」な私たち

ひと回り年上の女性を家に招いた。その世代の女性にはめずらしく、企業の役員までつとめた人。仕事上の相談があり落ち着いて話せるからと、自宅にお越しいただいたのだが、わが家のインテリアに並々ならぬ共感を示す。色つきの壁紙や花柄のカーテンなど、しげしげと見入っている。

キャリアにふさわしく服装も物言いもきりっとした人。こういうものに心を寄せるとは、意外だ。そう話すと「私、家の中は甘々よ」。それはぜひとも拝見せねば。私と同じくマンションでひとり暮らしとのこと。日を改めて訪問した。

玄関に足を踏み入れた瞬間、赤いビロード張りの椅子に、趣味のどまん中を射貫かれた。その先はもう、目にするものすべて好きすぎて胸が苦しいほど。部屋ごとに色の違う壁紙。アンティークブラウンの家具。直線のみから成る家具はひとつもない。どこかしらに曲線なり丸みがある。ああ、この背もたれに薔薇の彫刻のある椅子など、盗んで帰りたい。敷物、額。もしもネットで求めたならば、私の閲覧履歴とほぼ同じだ。

インテリア用品を私はよくネットで探すが、最初のうち自分の趣味が何と呼ばれるのかわからなかった。やがて私のひかれるものは「ロココ」「ヨーロピアン」なるワードが商品名につくことが多いと気づく。陶器のトイレブラシポットを探すときは検索ワードに「ロココ」「ヨーロピアン」と入れ、それでもだめなら「ヴェルサイユ」とぶっ込んで「トイレブラシでヴェルサイユって何……」と自虐の笑いに突っ伏した。

好みの品との遭遇率のいちばん高いワードは「姫系」。

そう知ったときは動揺した。姫系こそは、社会人として生き抜く上でもっとも避けてきたもの。変に女性らしいと思われたくなく、語尾は伸ばさず、声の音階まで低くし、服装も持ち物も堅め、化粧ポーチまで黒だった。訪ねた家の女性いわく、外では戦闘モードで交感神経が高い、自分の城では副交感神経を優位にしバランスをとるのだと。私たち「リボンの騎士」だった？　手塚治虫の漫画のキャラクターで、王女に生まれながら公には王子とされ、必要とあらば騎士の扮装で剣をとるのだ。

別の企業の管理職の女性に、今回のお宅訪問の話をしたら「私、天蓋付きのベッドに憧れているの」というまさかの発言。またひとり隠れ姫が！

あなたの周りにもたぶんいる。もしかしてご自身が？

引き出しのつまみを「姫系」に

家の中の身のまわりを整えることが好き。身なりを整えること以上に熱心かもしれない。どちらにしても使う品々なら、趣味に合うものの方が心地よい。

自宅のリフォームをしてから、家のおしゃれに、より熱が入った。リフォームを機に、トイレブラシやソープボトルなども新調することにし、インターネットでそれらを探すうち、自分の趣味が意外にも「姫系」といわれるものであるとも知った。商品画像で「これは」と思うものには、商品名兼キャッチフレーズに「姫系」なる語が入っていることが多いのだ。白っぽいものとか、機能上必要のない装飾性のあるものとか。

「姫系」という言葉は恥ずかしいが、その傾向はたしかにある。服ではなくあくまでも「家のおしゃれ」においてだが。

表参道にあるスペイン発のインテリアショップを覗きにいったときのこと。さすがハプスブルク王朝、ブルボン王朝の栄えた国、くず入れのバスケットひとつにも姫系テイストが感じられ、女性客で賑わっていた。

すてきなものはたくさんあるが、バス、トイレグッズは新調したばかりで、家具やラグなど大物はすでに置く余地がない。心を残しつつ「今回は目の保養に来たと思おう」と店を後にすることにした。

そのとき、出口のすぐ脇に、小さくきらきらしたものが。ボタン？　いや、引き出しのつまみだ。金、銀、ガラスふう、大理石ふう。二個ずつを、それらがちょうど入りそうなサイズの箱に、つまみが見えるように挿して並べてある。

中でも、白くて丸い陶製のものにひかれた。中央に銀色の同じく丸い突起がある。年齢を顧みず、そのときの心の震えを正直に言えば「か、かわええ……」。

リフォームで洗面台の前の壁を、白いタイル張りにした。洗面台の下の収納は、白い木製。あそこにならら、絶対に合う。

片側は開き戸収納で、もう片側は引き出しが上下に二段。計三箇所につまみがあるが、今ついているのは、水栓や排水口の栓と似たような金属でできた、ごくふつうのつまみ。どこの建て売り住宅でも付いていそうな、極めて標準的なもので、姫系に仕上がった洗面台まわりでそれだけが、おしゃれさに欠けるなとは思っていた。

あのつまみをこれに付け替えるだけで、印象は相当変わるはず。

問題は、自分で付け替えが可能かどうかだ。どんなしくみか知りたいが、つまみの裏側は箱の中に隠れていて、箱はテープで留めてあり開けるわけにはかない。

箱の外側に、取り付け方法の説明書きも、「取り付け部の厚さが何センチから何センチの引き出しに」といった、適応範囲の表示もない。

逆にいえば、そうした表示の要らないほど、引き出しの仕様はだいたい同じということでは？　説明書きが不要なほど、簡単に取り付けられるということでは？

改めて店内を見渡せば、姫系が好きそうな女性がほとんど。人を見た目で判断してはいけないが、日頃から大工仕事をしていそうには、とても思えない。

そうした女性を主な客層とする店だ。私だけが取り付けられないこともあるまい。

価格がそう高くないのも、後押しした。二個ひと組みで税抜き六九〇円。三箇所に取り付けるから二組だ。

表参道には、そうそう来ない。後から洗面台を見て「やっぱり変えよう」となった場合の電車代や、出直すための時間を考えれば、今買って帰る方がいい。

買い物のときはそういう「買うべき理由」をいくらでも思いつくものである。二箱持って、レジへ。

レジではてっきり、つまみを箱から抜いて中へ収めるものと思ったが、箱の外側に挿したままクッションシートでくるまれる。裏側のしくみがどうなっているかは、わからずじまいだった。

帰宅して開けて、「はー、こうなっているのか」。中央の銀色の丸い突起は、ボルトの頭。

直径三ミリはありそうな、太いボルトだ。つまみは、いわば白いセラミックの玉で、真ん中に穴があいている。ボルトに玉と、台座になる銀色の金具を、団子のように串刺しにした上で、引き出しの板を貫通させて、反対側からナットで固定するらしい。

引き出しの板に自分で穴をあけよとは、姫系の客に言わないだろうから、今ついているつまみも、たぶん穴に通してあるわけで。

こちらのしくみも単純だった。引き出しの内側からビスを通し、つまみ本体の穴へ差し込み締めてあるだけ。ビスの頭に十字の溝があり、ネジ回しの先をあてがいひねったら、難なく外れた。

板に残った穴は、買ってきたつまみのボルトの太さがちょうどよさそう。やはり似たような仕様にできているのだろう。ちなみにボルトの長さは、測ったら五・五センチもあった。これなら、どんな厚さの板の引き出しにも対応できるはず。

引き出し二段と、扉のつまみ計三つを、まとめて外した。下の段の引き出しから、新たなつまみの取り付けにかかる。ボルトに玉、台座の順に刺して、板の穴へ通し、反対側に出てきたボルトに、ナットをはめて回すだけ。工具も要らない。ボルトの先はかなり余るが、固定できたし、外側からの見た目は完璧だ。

引き出しを閉めて、深くうなずく。たいへんおしゃれ。ヘアブラシを出すのに毎日開ける引き出し、ふれるつまみ。小さなパーツながら、満足度は大だ。

残りの二箇所も取り付けた。上の引き出しと、開き戸収納の扉の上の方にあるつまみ。両方のナットをしっかり固定し終えて、引き出しと扉を閉め……ようとしたが、閉まらない。内側のどこかにボルトがつかえている。なぜ?!

無駄話に助けられる

洗面台下の収納のつまみを、好みのものに替えたはいいが、上の引き出しと扉が閉まらない。下の引き出しは難なく閉まったのに、どこかにつかえている。なぜ?!

私は忘れていたのであった。収納一般と違って洗面台下の収納は、字義のとおり、その上に洗面ボウルがある。閉めるに閉まらぬ引き出しと扉の中を見て、そのことを思い出した。

引き出しと扉のすぐ内側の上の方に、一枚の板が渡してある。洗面ボウルを保護する板だ。水をためられる深さのボウルだから、保護する板もそのぶん下まであるわけで。

ボルトの先がとび出ていると、その板につかえるのだ。よく見ると、上の引き出しや開き戸の扉は閉めたときに、その板とほぼ合わさるようにできていた。

「ほぼ」と言うのは、板どうしがぶつからないよう、間にゴムのボタンのような緩衝材があるからで、この緩衝材の厚みが、付けたいつまみのナットの厚みとだいたい同じとわかった。

ボルトは中へ余らせてはいけない。引き出し板を通って、裏側からナットで締めたら、そこで終わる長さでないと。

考えられる方法は二つ。

ちょうどいい長さのボルトを買う。

ちょうどいい長さにボルトを切る。

安全策は前者だろう。シロウトが変にカットするより、もとからその長さにできている既製品の方が、失敗がない。たぶん一本何十円のもの。それによってつまみが付けられるなら、惜しむまい。

だいじなのは、必要な寸法の計測だ。長くてはいけないが、短くてもナットをはめるのに足りず落下する。ナットの厚みはわずか三ミリ。誤差の許されない世界だ。

はみ出た分に何回も定規を当て、もとの長さの五・五センチから引き算して割り出した。

その寸法のボルトを、ネット検索で探そうとすると、至難の業！　長さのみならず直径も同じでないといけない。つまみの中央部になるものだから、見た目の問題もある。頭が丸みを帯びていて、溝のないものでないと。ボルトは何十万と売られているが、その中から条件に合うものをみつけるのは、藁山(わらやま)に針を探すのに等しいとわかってしまった。

仕方ない、切ろう。工具箱を出してくる。姫系の私でも（だから？）、壁に額を飾りたくてフックを付けるなどするし、手作りアクセサリーに憧れた過去もあるので、基本の工具は持っている。

が、ふつうのペンチではとうてい歯が立たないことが、またわかってしまった。太さ三ミリもあるのだ。しかも固く、針金を切るのとはわけが違う。金ノコの世界だろう。

「そうだ、金ノコ」

あの人なら持っているかも。マンションに通いで来ている清掃員の男性が、とっつきは悪いが面倒見はよく、前にベニヤ板を粗大ごみに出そうとしたとき、

「金払って捨てることないよ。小さくすれば、ふつうのごみでしょ。もったいない。収集の人の手間だってかけないじゃない」

と用具庫から道具箱を持ってきて、その場で器用に切ってくれた。カーペットを裁断してくれたこともある。

マンションの人の話では、いろいろな人がいろいろなものを切ってもらっている。プラスチック製の衣装ケースやスチールパイプの脚を持つアイロン台まで解体できたそうである。別に清掃員への委託事項に、粗大ごみのカッティングが入っているわけではない。「もったいない」「そうかしら」の立ち話からの発展である。親切心はむろんあろうが、彼の日頃のごみの仕事ぶりや用具庫の整理整頓ぶりから推し量るに、自分の得になるならないに関係なく、もったいないことが嫌いというか、目の届く限りを最適化したい志向があるようなのだ。

「これ、なんとか切れないでしょうか」

出勤日に待ち構えて事情を話すと、ボルトを見て少し考えるふうで、
「うーん、ちょっと預かっていいですか」
寸法を書いた紙とともに渡す。彼の実績からして期待は大。いやー、無駄話ってしてお
くものだわ。というか、無駄話のできる関係を作っておくものだと。「ただ頼むだけでは
悪いし」とお礼の焼酎まで買って用意していた。
ところが数日後、
「だめだった。うちに持って帰って、金ノコ、ニッパ、業務用のペンチ、いろいろ試した
けど、固くて固くて」
そんなに手強いものだとは！　こうなるとプロを頼るしかあるまい。
いろいろなサービスのある時代。ネットで「ねじ　カットサービス」を検索した。「一
本からお好みの長さにお切りします」といった、ショップの売り文句まで想像していた。
だのに、みつからず……。いや、私の探し方が悪いのかもしれないが、あったとしても、
これまた藁山に埋もれた針のようなもの？
「ねじをカットしてくれる業者さんって、あるかな」
仕事先の空き時間につぶやいた。何年も通っているところで、皆さん顔なじみ。テレビ
の制作なので、大道具とか小道具とかでそのような発注もあるかもしれず。
するとひとりの男性が、

「僕、そういうの得意です」

制作会社に勤めていて、事務所内の修繕を一手に引き受けているそうだ。社長も「入口の扉、なんか建て付けが悪いみたいなんだけど」とじかに電話をかけてくるという。

「たいていのものは直せます。ホームセンター以上の工具、いっぱいあります」

頼もしい。

渡りに船とばかりにお願いし、帰宅後すぐボルトと寸法を書いた紙を送った。

いやー、意外なところに助っ人がいた。無駄話って、やはりするものである。

次に行くと、カットされたボルトを渡された。家に戻りただちに取り付けてみると、ぴったり！　ナットはまり、なおかつナットより出ない。もちろん引き出しも扉も閉まる。

早速写真に撮り、メールした。

ほどなく届いた返信には、「実は相当な難物でした。無理かと思いました」。

詳細は書かれていないが、ボルトの先の平らでない断面が、苦闘の跡といえそう。すっぱりと切れたのではなく、あっちこっちから力をかけたのだ。

感謝と同時に、そうそうは替えられないなと思った。店にはセラミックの玉の他にも、ガラスふう、大理石ふう、金、銀、花を象（かたど）ったものと、付けてみたいおしゃれなつまみはたくさんあったが、着せ替え遊びはとても無理。

姫系の皆さん、いったいどうしているのだろう。

ほどほどに聞く

知人の女性は父親が亡くなってから、しばしば実家に顔を出しているという。ひとり暮らしの母親は、介護を要する状況ではまだないが、日常生活のちょっとした支援と話し相手でもつとめるかと。

これがなかなかうまくいかない。

「あなたもよく食べていた福神漬けが、スーパーに出なくなったのよ」。それは私に送ってこと？ 話はいつの間にか福神漬けから、最近の炊飯器に移っている。つまり買い替えたいと？ 結論→理由というふうには、母親の話は進まないので、辛抱強く耳を傾けていくが、母親はなぜか不機嫌だ。同世代の知り合いと話しているときの方が、ずっと楽しそうである。仕事をやりくりして来ているのにと、娘も面白くない。

「要するに、ごはんの支度がたいへんってこと？」。配食サービスを調べて、資料まで持っていくが、母親はなぜか不機嫌だ。

彼女らの会話に気がついた。お互い全然聞いていない。「あー、それで思い出したんだけど」「そうそう、この前なんて」。つなぎの言葉だけ入れて、関係ないことを好きにしゃべっている。

娘は学んだ。あまり真剣に聞きすぎない方がいいと。わかる！

私たちは仕事のときの癖でつい、問題解決型の思考をする。対応策を提案しようとしてしまう。でも母親はそれを求めていないのだ。「福神漬けがなくて残念」「最近の炊飯器は利口すぎて」と言いたいだけ。変な「受け」とか「まとめ」をされるより、適当に聞き流される方が満足度は高いのだろう。

真剣に聞きすぎる傾向は、自分にも感じる。限られた時間に多くの案件を処理する会議などに出るせいか。少しでもぼうっとしていると論点がわからなくなるし、意見をいちども言わないのは存在理由を問われるので、話の流れを常に追い、機を逃さず口をひらく。打合せでは終始、あなたの話を受け止めていますよと態度で示すことが必要だ。

沖縄で半日ツアーのマイクロバスに乗ったときは、ガイドさんが説明しているのに、車内が無反応で焦ってしまった。責任感からひとりガイドさんの正面を向き、目を見開いて大きくうなずき続け、景色なんて見る暇なかった。あれは過剰だ。ツアーなのだから、ぼうっと窓の外を眺めている方が趣旨にかなっている。

仕事以外の場でうまくやっていくためにも、「ほどほどに聞く」ことを身につけたい。

ズルはできない

夜九時過ぎ、A駅前からのコミュニティバスの終バスに間に合い、横長の椅子に座ってひと息ついた。膝の上には三つの荷物。ハンドバッグと書類を入れたサブバッグ、それともうひとつ、レジ袋だ。いましがた近くの店で買った焼き魚弁当の袋である。今夜はもう台所に立たず、楽してこれで夕飯をすませるつもり。

他に人は来ず、終バスは私ひとりを乗せて発車。膝の荷物を傍らへ下ろす。そうだ、書類で確かめたいことがあったと、サブバッグから出して読むうち、家の最寄りの停留所が近づき、慌てて降車ボタンを押した。

バスを降りて歩き出した瞬間、気づく。レジ袋がない！　手には二つのバッグのみ。椅子の上に忘れたのだ。

自転車なら追いつけるかも。家に駆け込み、玄関に置いている自転車のカギを取り再び道へ。コミュニティバスは住宅街の中を巡回しB駅へ向かう。最短ルートでB駅へ行けば間に合うのでは。人通りのない道を、全速力でこぐ。最後の直線道路へさしかかったところで、はるか先にコミュニティバスが。B駅前のロータリーへ入っていく。あれだ！　私が到着しきれないうち、灯りを消した小さなバスがロータリーから出てきて去った。万事休す。

いや、B駅には他の路線のコミュニティバスも通っている。私の乗ったのは、これから来るかも。ロータリー内の停留所で待つ。

やがてあきらめた。いくら巡回して来るといっても、自転車で五分のところをバスが一五分もかかるわけない。車庫へ向かうバスの暗い椅子に、残されている白いレジ袋が目に浮かぶ。

「運が悪い」とつぶやいた。A駅とB駅の間を循環する路線。終バスでなければ、B駅で折り返して戻ってくるから、必死で自転車を走らせなくても、家の近くの停留所で待てばいいだけだった。選りに選って終バスで。

「いや」とかぶりを振る。「運ではない」。思い当たることがある。

その日の昼間はいくつかの仕事先を回った。そのうちのひとつでなぜか出来たての揚げ饅頭を一〇個、レジ袋でもらいちょっと困った。重いのに加えて、油の匂いがかなりする。これから人の会社へ訪ねるのに、レジ袋を提げ、しかも油の匂いをふんぷんとさせていくのもためらわれる。百円ショップかどこかで、密閉できるバッグを探すか。

途中、駅ビルでトイレに寄る。「個室」を出る際、フックから二つのバッグを外し「いけない、忘れるところだった、これもあったんだ」。後ろの棚に置いたレジ袋を持ち上げようとしたとき、ある考えが胸をよぎる。「忘れたことにしてしまおう」。レジ袋一個くらい、うっかり忘れる人もいる。それとたいして変わらないのでは。

因果応報。まさかその日のうちに、しかもこれほどわかりやすい形で返ってくるとは。トイレと車庫の清掃係には顔向けできない。

昔の人がよく言った「お天道様は見ている」はほんとうだった。心していこう。

ないと意外に困るもの

リビングで本を読んでいて、爪が伸びているのに気づいた。

だいたい爪は計画的に切るものではない。耳かき同様、ふと思いつくものだろう。そういうときのためリビングの小引き出しには、耳かきとともに入れてある。銀色で上下の刃をぱちんと音をさせて合わせる、ごくスタンダードな爪切りだ。

たたんであるところを起こしてひっくりかえし向きを変えようとすると、外れてしまった。本体の上に一枚載っている、切るときに押す部分である。はしにある丸い凹みを、本体のビスにはめれば入りそうだが、何回やってもうまくいかない。「知恵の輪」を与えられたサルのようにしばらく格闘していたが、あきらめて読書に戻った。どうしてもその日に切らないといけないわけではない。

別の日、小引き出しへ手を伸ばし「そうか、壊れていたんだった」。爪はだいぶ伸びている。文具の鋏(はさみ)で切ることにする。

なかなか難しい。利き手の右手で左手の爪を切るのは、なんとかなるが、逆は苦戦。左手に鋏を水平に構え、右手の爪を刃にあてがい、爪の方を回転させていくのだが、角ができてしまうのみならず、深く切りすぎそうになる。刃をヤスリ代わりにして削ることも試みたが、ささくれてひびが入りそう。無理せず、爪切りを買ってきてからにしよう。

爪切りなんて家に当たり前のようにあるものだから、どこにでも売っている気でいたら、違った。コンビニ、近所のスーパー、駅前の大きなスーパー、いずれも耳かき止まり。駅前のスーパーでは念のため店員さんに聞いたが、店員さんも私と同じ棚を探した末、「ありそうだけど、ないですね」。

折れることもあろう耳かきと違って、爪切りなんて、そうそう壊れるものではない。私の使っていたのも、いつどこで入手したか不明だ。もしかして親の代から家にあったかも。自分で爪切りを買うのははじめてだ。買い替え頻度の低いものを売り場に置くのは、スペース効率が悪いという店側の事情はわかる。結局ドラッグストアで購入した。

新しい爪切りは、さすがに切れ味がよく、ぱちんぱちんと快い音がする。ふだんそれほどありがたがらないが、ないと困る。爪切りもそういうもののひとつといえそうだ。

メモする習慣

暖房を使いはじめ、しまってあった加湿器を出してきた。わが家のは気化式だ。内蔵のフィルターが水を吸い上げ、そこへ風を当てることで気化される。他の方式の加湿器と違って、蒸気や霧が目に見えることはなく、手をかざすと風が感じられる。

その加湿器の効きがいまひとつよくない。室内で快適な湿度は四〇から六〇パーセントといわれるが、四〇パーセントいくかいかないか。それでもリビングで鍋物をしたり洗濯物を干したりするとすぐ五〇パーセントを超えるので、さして気にとめずにいた。風も順調に出ていることだし。

使いはじめて一週間、「そういえば、まだいちども給水していないな」。シーズン最初に満タンにして、それっきり。昨シーズンは「給水して下さい」のサインがもっとしょっちゅう点灯し、煩わしいほどだったような。サインを光らせるところの接続でも悪くなっているのだろうか。

取説を傍らに開けてみて「あーっ」。水は満々と溜まっているが、フィルターのあるべきところが空。気化されるはずがなく、風ばかり無駄に起こし続けていた。

思い出す。昨シーズンの末に加湿器をしまうときフィルターを処分した。フィルターの交換めやすは一年だが、もったいながりの私はまめに洗って二年使い、いよいよ捨てる際「このタイミングで新しいフィルターを買っては、梅雨や蒸し暑い夏の間家で保管することになる。カビでも生えたら意味がない」と考え、次のシーズンが来たら購入することにした。

そして忘れた。

自分の記憶力を信じていない私は、ふだんはやたらメモをする。買いおきのミネラルウォーターがなくなりそうだと、土曜日に気づいたら、手帳の月曜の欄に「水　電話」と記す。電話したら消さずに「済」と書き足す。電話したことを忘れ、二重に注文するといけないからだ。そして水曜の欄に「一八時~二〇時　水」。配送日時を指定したのを忘れ、留守にしないように。短期のことはうるさいくらいメモするのに、長期のことは抜け落ちていた。どこかに、わかるようにしておかねば。

メモの習慣を見直すことになった出来事。同時に加湿器だけに頼らずとも、鍋物や洗濯物でかなりいけるとも知ったのだった。

紙で簡単、スケジュール管理

「予定の管理をどうしている？」年長の知人に聞かれる。働き方が変わり、定時に出社する日々ではなくなった。用件の種類もさまざまで、仕事の他、会合や行事への出席といった私的な用事も混じる。こんがらがらずこなすのに、便利なソフトやアプリはあるか、と。

私の方法は単純というか原始的で、紙に打ち出す、日付順に並べる、この二つに尽きる。仕事でいえば依頼状、会合や行事の案内状が届いたら、一用件につきA4のクリアファイル一枚と決めて、その中へ。メールで来たものもすぐにプリントアウトし、同様に。紙の下の方には、日付を赤のサインペンで記す。原稿ならば締め切り日、それ以外の仕事や私的用件は開催日だ。

それらを整理ダンスの、A4ファイルを縦に入れるのにちょうどいい引き出しに入れている。重ね方は、日付の近いものから順に。用件が済んでとり除けば、次に日の迫ったものが、おのずといちばん上に来る。日付を赤で紙の下の方に記すわけは、引き出しを少し開けただけでも見えるから。

用件の種類で分けることはしない。執筆であれ講演であれ私的用件であれ、時系列で一本化する。

用件によっては何段階かの日付がある。二月末の出張のため一月末に指定席切符を買うなら「一月末」とも赤で書き、一月のファイルのいちばん下に。購入したら、切符も同ファイルに入れて、二月のファイルのいちばん下へ移す。

その際に「えーっと、どこまでが二月だ」とファイルを掘り返すので、その分量からスケジュールの立て込みようが把握でき、どんな用件が控えているかも、なんとなくだが目に入る。

この「おのずと」や「なんとなく」のリマインド効果は私にとっては絶大で、三〇年間フリーで働いてきて、ダブルブッキングしたり締め切りを忘れたりしたことはいちどもない（はずだ）。加齢とともにミスの増えている私には、特筆すべきことである。

パソコンのメール画面にカレンダーなる項目があるのは知っている。が、画面は閉じたら終わり。紙の注意喚起力には代え難い。

もったいながりの私は、メールのプリントアウトには裏紙を利用する。通販での買い物に同梱されてくる納品書なんてけっして捨てない。仕事先との打合せで、うっかり表を見せないようにせねば。

睡眠時間、どれくらい？

「私はショートスリーパーですから」。そう言う人にときどき出会う。ある男性は「三時間寝れば足ります。何十年とそれでやってきています」と。

八時間睡眠とは、起きて活動する時間の差が、一日あたり五時間も！　何十年となると累積は大きい。短くてすむ方が、生産的な人生を送れるような。

ショートスリーパーになるには、といった記事が、雑誌などにもよく載っている。短時間睡眠で一日を有効に使い、かつ高いパフォーマンスを保つ方法だ。

私は長年自分のことを「寝ないとダメな人」と思っていた。次の朝早く出ると決まっているのに、すべきことがなかなか終わらないと焦ってくる。刻々と減っていく睡眠時間に追われるように支度する。スマホのアラームをセットし「五時間五分後にセットしました」との表示が出ると、「明日一日持つか？」とかなり不安。

が、ひとたび起きてしまえば、化粧のりが悪いことを除けば、それなりに乗り切れている。ロングスリーパーであるとは思い込みで、案外だいじょうぶなものなのかも。

世話する家族のなくなった今は、原則として自分のキャパシティに合った計画を立てられるはずである。が、ひとつのことに予想以上の時間がかかったり、突発的に対応を要する事態が起きたりして、計画はしばしばくずれる。

昨年の二ヶ月ほど、そういうことが続いた。在宅ワーカーの私は、起きてパソコンの電源を入れ、作成中の文書を画面に出すと最終更新時間が「六時間前?・」。その間、風呂に入ったり朝食をとったりもしたから、睡眠時間はどれくらい？「不健康すぎる」と感じて、ときおり寝だめ。

今年のある一ヶ月間は割と計画通りに進められ、睡眠も七、八時間をキープしていた。するとなんだか体調がいい。毎日疲れはするものの、そのつどリセットできているような。試しに何日かアラームをかけずに寝てみたら、目の覚めるのは、判で捺（お）したように八時間後だった。それが私の適正睡眠なのか。

アメリカのある研究では、七時間睡眠がもっとも病気になりにくいという。無理してショートスリーパーをめざさなくてもいいのかも。

布団が意外に重かった

よく寝た朝は心身ともにすっきり……のはずが、起きたときから妙に疲れ、体のあちこちが凝っている。風邪を引き節々が痛いのかと思ったが、熱は出ない。そういう朝が続いた。まだ寒い頃のこと。

夢の中でも、なんだかあたりが狭くて必死に押し返そうとする。そのせいで変な力が入るのか。

「そんな夢につながりそうな悩みは、特にないけどな」。原因を探るうち、「まさか布団が重いとか？」

たまたま雑誌に出ていた記事に、布団は一週間でどれくらい水分を吸収するか、というものがあった。なんと一・五キロ。

よく読めばそれは敷き布団で、しかも木綿の布団の話。羽毛の掛け布団に、このとおりはあてはまるまい。さきほど「まさか」と書いたのは、軽さを求め羽毛布団にしているからだが、実際のところは何キロか。この機に計測することに。

とはいえ布団を体重計に載せるのは難しい。買ったときの商品説明や、それが追えなければ同種の一般的なものの数値を基にする。

まず羽毛は通販で購入した履歴から、一・二キロとわかった。が、それは詰め物だけの重さ。包んでいる生地については、商品説明になく、一般的には綿で一キロ前後らしい。

それに布団カバーが加わる。私のは一キロと判明。布団の生地もこのカバーも、買うときは重さに注意を払わなかった。見た目のみで選んでいた。

さらに毛布。羽毛布団の中の温まった空気を逃さないためには、上から毛布で蓋をするのがよいと聞く。化学繊維の毛布は一キロから三キロだそうで、中をとって二キロとしよう。

まだある。もっとも寒い時期には、吸湿発熱繊維の肌掛けを、布団の下に入れているのだ。体から出る湿気や汗を熱に変えるもので、これが一・八キロ。

全部を合計すると、なんと七キロ！　七キロの米袋を想像してほしい。あんな重しを載せて寝ていたら凝るわけである。

少しでも軽くするにはどうするか。毛布や肌掛けを外してみると、すうすうして心もとなく。カバーは羽毛布団を長持ちさせる上でかけた方がいいという。

となると水分をとばすか。木綿の敷き布団ほどでなくとも、ずっと使えば吸収していよう。思えば、羽毛布団はそうしょっちゅう干さない。月に一、二回で充分というのをいいことに、放ったらかしだった。

試しに干すと、翌朝の疲れがかなり違う。以来、前より干すように。花粉が飛びはじめたらどうしようと思っていたが、その頃には気温が上がり、かける枚数も少なくなる。軌を一にして、圧迫感のある夢の出現率が落ちていったから、やはり布団のせいだったか。

寝ても疲れるかたは、いちど布団の重さを点検しては。生地やカバーの選び方でもずいぶん変わる。干す方に関しては、外が難しければ布団乾燥機もあるし。

まさかベッドから落ちるとは

夏の間、寝るときの体の向きを変えていた。ふだんは足を寝室のドアへ向けているが、百八十度変えて、奥の方へ。冷房との関係だ。

熱中症を防ぐため、寝ている間も冷房をかける。リビングのエアコンをつけ、廊下経由で、寝室へ流れ込むように。

「頭寒足熱」といわれるから、エアコンの風の入るドアから、足は遠くした方がいいのかも。そう考え、ベッドの位置はそのままに、頭をドアに近くした。

体の上下が変わると、左右にあるものも変わる。もとは右側が壁だったのが、百八十度回転して左側へ。夜中トイレへ立つにも「えっと、そっちが壁だから、こっちへ寝返って」と考え考えベッドを降りる。起きるとき相当意識した結果、いちども壁にぶつかることなく、ひと夏が過ぎようとしていた。

ある夕方、外出先で風邪をもらった気がする私は、帰宅後とてつもないだるさと眠さに襲われた。とりあえず、いったん寝よう。夢の中で玄関チャイムが鳴って目覚めると、辺りはまっ暗。ほんのいっときのつもりが、夜になっていたようだ。家の中の電気は点けていないし、窓という窓は遮光カーテンを閉め、外からの灯りも入らない。

寝ぼけた耳に「お荷物でーす」の声。夢ではない、ほんとうだ。まずは灯りを。寝返りつつ壁のスイッチへ手を伸ばすと、その腕は大きく宙をかき、次の瞬間、腰骨を床に打ちつけていた。えっ、ベッドから落ちたの、私⁈ そうか、左右が逆だった。

再び玄関チャイム。早く出ないと。まっ暗なまま、手探りでドアへ進むと、やわらかな布を押していた。寝室の奥にある窓のカーテンだ。向きを変えると、今度はクローゼットに突き当たる。ベッドから落ちた、その驚きと焦りで、方向感覚がうまく修正できない。

闇の中であっちこっちぶつかっていると、よその玄関の開く音がして「すみませーん、お待たせして」。うちではなかった……。

腰に湿布を貼りながら、つくづく思った。ひと夏順応できていたつもりでも、とっさのときは、長年身にしみついた習慣的な行動が出るものだなと。高齢者が引っ越し後、前の間取りで行動してしまうことがあるというのが、わかる気がするのだった。

カーペットをまる洗い

夏の終わり頃から気になってきた。「カーペットが、なんか臭う……」。リビングのソファの前に一畳ほどのカーペットを敷いている。家には和室がなく、外出先はどこでも椅子。帰宅するとついカーペットに座りたくなる。ソファに腰掛けるよりもくつろげる。

その姿勢をとって「ん？」。なんというか、埃をためこんでしまった掃除機から出る風にも似た、黴っぽいような臭い。鼻を近づけると、かすかにではあるが確実にする。よく座るところが特に。汗や皮脂が衣服を通してしみつくのか。

布用の消臭スプレーを使ってみたが改善しない。宣伝では焼き肉の煙のしみついた背広にも効くスプレーだが、思いのほか頑固である。クリーニングに出すほかないか。

調べると私のカーペットの場合、クリーニング代と送料を合わせたら、同じものを買い替える方が安いとわかった。シルクやウールといった高級絨毯ではなく、化学繊維のカーペット。色、柄はとても気に入っている。ブルーとグレーの古典的な植物模様で、リビングのカーテンとの相性もいい。クリーニングに出さないで自力で臭いを落とせないか。

中性洗剤を溶かした水で拭いてみてはどうだろう。床まで濡らすといけないから、とりあえず浴室まで運ぶ。実行に移す前に段取りを考える。拭いた後も水気が残るだろうから、すぐには敷けない、半日ほどベランダに干して……。

浴室の前にあるドラム式洗濯機が目についた。私の中で声がする。「いっそ、まる洗いしてしまえ」。その誘惑には幾度もかられていた。臭いがするからには、見えない汚れもついているはず。

これまでは無理と思っていた。大きいし、毛布と違って固い裏張りがある。が、試しにたわめて膝で乗っかり、体重をかけたら折ることができた。三つに、次いで二つにたたむ。サイズ的にはなんとか入る。

入っても、洗いはじめてから途中で止まったら、にっちもさっちもいかなくなる。水をたっぷり含んだカーペットは重くて、もの干しざおまで持ち上げられない。

取扱説明書によると、洗濯できるのは七キロまで。持ってきた感じでは、七キロなさそうだ。できる方に賭けよう。

押し込んでドアを閉め、注水がはじまると、もう後には退けない。ドラムは最初つっかえつっかえ、やがて順調に回り出した。水が全体に行きわたり、白い泡まで勢いよく立つ。成功だ。

脱水のところでつまずいた。アラームが作動し、何度やり直しても停止する。振動を危険と判断するのでは？

洗濯機に全身で覆い被さり、がたつきを抑えると、予想どおりアラームは出なくなる。脱水の終了まで、そのまま両手両足を広げ洗濯機にはりついていた。

乾くと臭いはすっかりとれていて、とてもすっきり。この方法で清潔さを保てるなら、長く愛用していける。

家ならではのくつろぎの姿勢をあきらめなくてすむことにも、ほっとしている。

埃はいつの間に

自宅を改装して間がないので、壁紙もまだ汚れひとつない。

「これくらいきれいだと掃除にも身が入るでしょうね」

ダイニングテーブルに着いた客は周囲を眺め渡して、そう言った。

「はい、結構頑張っています」

お茶を運んできてテーブルに置き、彼女の向かい側の椅子を引くと、小さな鼠（ねずみ）くらいの薄灰色のものが床を横切った。二人の視線が注がれる。

なんと埃だ。綿埃のかたまりが、テーブルの脚の下にでも潜んでいたのが、椅子を引いた風圧によりふわりと浮いて、転がり出たらしい。二人ともしばし無言で、バツの悪い雰囲気が漂った。

歳時記では「春塵（しゅんじん）」「春埃（はるぼこり）」の季語があるように、埃といえば春。たしかに黄砂も飛んで来るし、春一番などの強い風が吹いて、土埃が立つ。

けれどもそれは屋外の話。こと屋内では、冬がいちばん埃の量が多いと感じる。服や寝具を身にまとう数が、夏よりは増えるし、動きにつれてそれらが擦れる。素材もやわらかなウールや起毛素材など、繊維くずの出やすいもの。暖房による乾燥で静電気は起きやすいから、それらが互いに吸い寄せ合う。髪の毛など芯になるものがあれば、なおさらだ。

掃除は結構頑張っていると、客に言ったのは嘘でない。コードレス掃除機を常に充電してあり、床の埃が目についたらすぐかける。が、エアコンの風などにより、見にくいところへ入り込むものがあり、そこで埃を集め続けて、何かの拍子に思いもよらぬ大きなかたまりとなって現れるのだ。

先日は洗面台へ、たまたま老眼鏡をかけたまま行って驚いた。洗面台のへりにうっすらと埃の膜ができている。洗面台なんて日に何度も使うのに、水を流さないへりの部分には着々と埃が溜まっていた。

埃は静かで平等だ。床だけではない、空中を舞う微細な埃は、面という面に遍く落ち続ける。洗面台のへりはむろん、トイレットペーパーホルダー、タオル掛けの取り付け部といった、いかに小さな面であっても例外なく。まるで音もなく降り積もり、すべてを覆い隠そうとする粉雪のごとく。

ノズルをつけてテーブルの下まで掃除しよう。はたき掛けもしなければ。客を送ってから、そう思った。

埃との闘い、しばらく続きそうである。

しみ取りにはまる

キッチンの床は何かと汚れる。今の家に住みはじめてからはキッチンマットを敷いている。流し台前からコンロの前まで横幅いっぱいに渡るもの。後ろの方は覆えないが、炊事や調理でそこまでものが飛び散ることはないだろう。マットで汚れを受け止めまめに洗って、床には掃除機をかけ、それできれいな状態を保つことができているつもりだった。

あるとき飲もうとした錠剤が転がり、眼鏡をかけて行方を追うと、わっ、結構汚れている。マットからはみ出た床に、輪っか状や点状など、大小のしみが。盛りつけたものを運んだり、ごみを捨てたりする際に、案外こぼれるものらしい。

しかもこびりついている。掃除機をかけても残る汚れだ。醤油の滴や味噌の粒、はたまた焼き魚の焦げた尾の脂を含んだかけらとか。

見つけたからには、放置できない。キッチンの床はタイル張りだ。踏んだとき冷たく感じにくいことをうたったタイルで、表面にある細かな凹凸により、足裏が密着しないですむらしいが、汚れに関しては、ざらつきにひっかかってとれにくい。濡れ布巾で拭いても落ちず、メラミン樹脂のスポンジでこすると、スポンジの方がやすりをかけたように削れてしまった。

のめり込むタイプの私は、考える。凹凸に入り込んでいるなら。ブラシでかき出すのはどうか？　一般のタイル掃除用ブラシは毛が粗すぎて、痒いところに手が届かない。爪ブラシを試したら、これは面白いようにとれる、とれる。爪ブラシに水とキッチン洗剤をつけて、しばらく汚れ落としに没頭した。

同じタイルを張った箇所が家の中にもうひとつある。洗面所兼脱衣所だ。足拭きマットを敷いているが、眼鏡をかけた目を近づけると、マットの周囲にあるある、黒や茶色や肌色をした点状のしみ。キッチンに比して数は少ないが、ひとつひとつが頑固である。眉ペンシルの芯が折れたとか、リキッドファンデーションが垂れたとか、もともと色をつけるためのものが、ざらつきの間に埋まっているのだ。

手強いと余計やる気をそそられる。爪ブラシを毛がより密な歯ブラシに替え、洗濯石鹸、クレンザー、衣料用漂白剤などいろいろな技を繰り出し、少しずつ薄くする。

目についたしみはとりあえず消し、腰を伸ばせば「あれ、なんだか、ずいぶんきれい」。作業中はしみと近視眼的に向き合っているが、立ち上がって俯瞰すると、全体の印象が変わっている。

空港ロビーや商業施設のフロアーで、通行人の靴裏がガムのかけらなどを残すや、清掃員が布やへらでさっと拭き取るのを、よく見かける。私は内心思っていた。小さな汚れをいちいち消していてはキリがない、それよりは大きな汚れだけ集中的に落とす方が理にかなっているのでは、と。

　あれは私の考え違いだった。清掃のプロは知っているのだ。目立たないようなことが、実は全体に関わる。放置すれば、余計とれにくくなることだし、ひとつひとつ対処する方が結局は早くて、効果的。

　汚れに限ったことではないのだろう。「大勢に影響ないし」と思って適当にすまさない。私の生活にありそうなことで言えば、車が来ていなくても信号を無視しないとか、ごみの分別を守るとかだろうか。そのあたりから心がけていくつもり。

グレイヘアにひかれつつ

グレイヘアが話題だ。主に女性の白髪のこと。

男性にはロマンスグレイという言葉があるが、女性の白髪には「ロマンス」を認められないのか、これまであまり肯定的な呼び方がなかった。ちなみにこのロマンスグレイは和製英語だそうで、エイジングに対する日本社会の意識をうっすらと感じてしまう。

グレイという言葉を使う場面は、これまでもあった。一〇年近く前だったか、白髪が気になり出して美容院へはじめてカラーリングに行ったとき、

「白髪染めをお願いします」

受付で言うと、

「グレイカラーですね」

と聞き返された。

えっ、ととまどう。灰色に染めたいのでなく黒に近い茶色にしたいのだが。受付後ろの料金表が目に入り、白髪染めのことをそう呼ぶのだと察した。白髪と口に出すことに抵抗のあるお客さんもいるだろうから、グレイヘアはそれを避けるための隠語のようなものな

のか。

近年では流行語大賞の候補になったくらいだから、この言葉も日の当たるところへ出てきたものだと感慨深い。

流行語になるくらいだから、関心のある女性は多いのだ。四十代から白いものが交じりはじめるのが一般的だし、「体質的に白髪になりやすいみたい」と語る人は、早くも二十代から染めている。

頻度を聞けば二、三週間にいちど、がまんしても一ヶ月が限度。「いい状態は一〇日間くらい」と口を揃える。白髪に関してストレスなしでいられるのは一〇日間ほどで、それを過ぎると、根元の伸びてきた部分が気になると。一ヶ月に一度では、費用もさることながら、美容院へ行く時間を作り出すのもたいへんだ。

私はその頻度では通えないので、二、三ヶ月にいっぺん切りにいくとき併せて染める。それまでの間は自分でヘアマニキュアをし、ごまかしている。

はじめのうちは「グレイカラーですね」と言われた美容院でひと月にいちど染めていたが、髪が傷んできた気がして、今の方法に変えた。

ヘアマニキュアの宣伝には、シャンプーの後の髪につけて一〇分放置するだけ、とあるが、一〇分は私にとって「だけ」ではない。とても長い。

商品説明を読むと、乾いた状態でつける使用法も知り、もっぱらそちらに。部屋着のままで塗ってシャワーキャップを被っていれば、放置時間に家事の続きなどいろいろできる。宅配便などの来ない夜にするが。

パソコンでメール処理などしていると、一〇分どころか一時間もあっという間。余り長時間でも肌によくないかと思うので、三〇分でキッチンタイマーをかけるようにした。

タイマーが鳴ったら、シャワーキャップが外れないよう注意しながら部屋着を脱いで、風呂でよく洗い流す。

塗るのは風呂でなく、洗面台ですることになるが、結構おおごとだ。ヘアマニキュアの液がつくと色が落ちにくいと聞くので、洗面台や床に新聞紙を敷きまくり、壁に飛び散らないよう鏡を見ながら慎重に塗る。

苦労して塗る割に、効果は続かない。直後のシャンプーで茶色の泡が大量に出る。壁とか床とかにつくと落ちにくいというのに、かんじんの髪につけたときのこの落ちやすさは何？　と思うくらい。

シャンプーのたびに落ちるので、白髪を目立たせないためには、洗髪三回につき一回は塗った方がいい感じ。追いかけっこである。疲れたり風邪ぎみだったりするととても億劫で、「この追いかけっこ、いつまで？」と思う。

グレイヘアに関心を持つ人の多いわけがわかる。みんないろいろな方法で染めながら、

「やめられたらどんなに楽か」という気持ちがあるのだろう。

話題になる割に実際にグレイヘアにしている人は少ない、というか、私の周囲にはまだいない。私も関心はあるが不安だ。

ずっと染めてきた人がやめる選択をしたとき、全体がグレイヘアになるまでの、途中の状況はどうなるのか。根元の白いところと染めたところとの、二色に分かれた境目。伸びるにつれその境目がどんどん下りてくるわけで。

ニット帽を着けて過ごし、ある程度伸びたらいったんベリーショートの髪型にするとか？

「無理。耳のすぐ上あたりは、ニット帽で隠しきれない」

知人の女性は即座に言った。入院してカラーリングができない間ニット帽を被っていて痛感したそうだ。

美容院に行ったときに、その辺りの実情を探ってみた。

スタッフによれば、グレイヘアについて聞かれることがとても多い。単なる話題としてだけでなく、具体的な相談も受けるという。

相談してくる人にグレイヘアにしたい理由を訊ねれば、いちばんが「染めるのがたいへんだから」。

そして二番目は、健康面の不安。健康？　とはじめピンと来なかったが、言われてなるほどと思った。「こんなに強そうな薬をずっと塗り続けていては、頭皮に悪いのでは」と。たしかに、カラーリングで髪を傷めた経験があると、その心配もわくだろう。頭皮の健康が損なわれると、髪が薄くなりそう。ただでさえ加齢により髪は細くなっているのに、この上、本数も減らすことにはなりたくない。

頭皮の健康のみではない。さらに深い心配をしている人もいるそうだ。「頭皮を通して、体によくない物質をとりこんでいそうで、その蓄積が不安」と。これも言われればたしかに、だ。高齢化の今は髪を染めはじめてからの人生が、かつてないほど長く、影響は未知数といえる。

それらをひっくるめた健康面の不安に対し、美容院では薬剤の選び方や、肌につけない塗り方で対処できると答えているそうだ。その上でまず、グレイヘア希望の人に伝えるのは、来店したその日にグレイヘアにできると考えない方がいい、と。

グレイヘアにするには、伸びて白くなった根元に色を加え、そうでない部分は逆に色を抜き、境目が目立たないようメッシュを入れるなどして調整しながら作っていく。毛髪が一年に伸びる長さは一五センチといわれており、グレイヘアの完成までは二年くらいかかるとのこと。

グレイヘアは一日にしてならず、なのだ。

その間は、結構まめに美容院に通わねばならず「染めるのがたいへんだから」という理由でグレイヘアにしたい人には「こっちの方がもっとたいへん」となるかもしれない。「髪にもういろいろ塗りたくないから」という人も、期待と違ってしまうかも、とのこと。お客さんの希望をかなえるのが仕事だから、グレイヘアにしたい人を後押ししたいが、移行期の調整にたけた人がそう多くはないのも実情だそうだ。

技術的な成熟には、いましばらくかかるのかもしれない。

髪の手入れに終わりはない

グレイヘアが、一回美容院へ飛び込んだからといってできるものではないと知った。完成には辛抱強く通わないと。

それだけ頑張ってグレイヘアにしてみて、似合わなかったらがっかりだ。根元の白くなった姿は鏡を通して知っているが、全体が白くなるって、どういう感じ？　顔の輪郭がぼやけやしないだろうか。

今は画像加工のアプリがいろいろあるようだから、自分の写真の髪だけ白に変えてみればイメージが持てるかもしれない。

「その場合、ほんとの白じゃだめだよ」。知人は言った。「白髪って必ず黄ばんでくるじゃない」

その指摘は重要そうだ。せっかく完成させても、そこで終わりではないのだ。美容院によれば、それは実際多いことで、特に日本人は白髪が黄ばむ傾向にあるという。

対処は可能だそうだ。黄の反対色であるパープルを髪に入れる効果のあるシャンプーを使う、パープルのヘアマニキュアをする、パープルの部分染めをする、など。

逆にいえば二年かけて完成した後も、何もしなくてよくなる、わけではないのである。黄ばもうが何しようが、ほんとうにありのままでよいなら別だが、清潔感を出すには、私は色つきシャンプーを使いたくなりそう。

服装は選ぶかも、と美容院の人。

グレイヘアにおすすめできる服装は大きく言えば二通りで、モノトーンかビビッドカラーか。中間色ではどうしてもぼやけた印象、気を遣わずに言えば、老け込んだ印象になってしまうという。

モノトーンは事務服とか法事の服のように、地味にまとまりがち。それを避けるには、形が奇抜というか個性的なものにする必要がある。いわゆるエッジの立った服。私の場合、中身がついていかなそうだ。

ビビッドカラーは、ひとことでいえば派手で目立つ色。バイオレットピンクやロイヤルブルー、ピスタチオグリーンなどは私も好きで、差し色としてバッグはそういう色のも持つが、服だとどうか。というより、グレイヘアを考える世代向けの服で、そういう色のを探すのが難しいのでは。

五〇歳の誕生日を迎えたとき、衣料品の通販会社から送られてくるカタログが四九歳までのと、予告なしに変わったが、めくってみて軽いショックをおぼえた。すべての色に灰色が混ざっている！　ピンクなら藤色っぽく、パープルなら小豆（あずき）色っぽく、グリーンなら草餅の色みたいに、何か濁らせてある。

　世の中が考えるシニア像を目の当たりにする思い。五〇になったらシニアであり、シニアはこういう「落ち着いた色」を好むもの、とされているのだ。

　海外のシニア女性のポートレートでは、ビビッドカラーの服を颯爽と着こなしているが、ああいう服は日本では、百貨店の特選ブティックの階にでも行かない限り、なかなか手に入らないのでは。

「グレイヘアを楽しむ環境は、ファッションの方でもまだ整っていない感じ」と美容院の人はいう。

　そういえばグレイヘアで知られる近藤サトさんは和服が多い。グレイヘアに合う服は少ないと悟ってか。

　いや、洋服の人がいた。元祖グレイヘア著名人というべき加藤タキさん。写真ではビビッドカラーで肩の張ったジャケットの印象だ。笑顔から覗く歯のラインも一直線に揃っている。白く輝き、ホワイトニングもしていそう。

　今のところグレイヘアがすてきとされる人は隙がない。単なる手抜きに見えないための条件なのか。

　私の場合、実際カラーリングの手を抜きたいのだから、手抜きに見えたくないというのは、ムシがよすぎる話かも。

眉はどんどん薄くなる

よく買う化粧品のシリーズがある。六十代と七十代の女性が広告に出ているもので、文字が大きくわかりやすいのと、使いやすさで気に入っている。

先日はそのシリーズの眉ライナーを、ドラッグストアが自作の宣伝文句で推していた。「ジムに！　温泉女子旅に！」。汗をかいても濡れても落ちない眉ライナーだという。「シニア女性のリアルが、ここにあるなあ」と感じ入った。ジムや「女子旅」に行くほど活動的。でも眉は、年相応に薄くなる。

私もその例にもれない。一本一本が細くなって、白髪も交じる。若い頃は黒々と密生し「この太眉、なんとかならない？」と持て余していたのが嘘のようだ。抜くと生えてこなくなると聞き、切り揃えるにとどめていたが、いつしか疎(まば)らになって、眉尻の方三分の一は途中で剃り落としたように消滅している。

ジムへ行くときも最低限、眉は引く。かつてはメイクして来ている人を、「運動をするのにメイクなんて、本義にもとる」と、堅物の私は内心批判的だったが、あれは誤りだった。

ジムというところは鏡が多い。姿勢を自分でチェックできるように、だろう。スタジオにも、準備体操などするストレッチゾーンにも。そこへ眉なしの、ぼやけた自分の顔が映る。気が抜けているようで、これから運動する人にはとても見えない。スポーツウェアは概して色が派手だから、それとのコントラストも酷（ひど）い。運動の意欲を高めるためにも、眉は必要なのである。

そうして描いて臨んでも、汗でたちまちかき消える。運動で上気しても、鏡の中には単にふやけたような自分が。

汗や水濡れで落ちないという眉ライナーを買ってみた。

家で試すと、おお、こうなっているのか。私がふだん使っているのは、粉を固めたものを芯とする色鉛筆にたとえられるが、こちらは筆ペン。液体を塗り、乾くとフィルム状になるらしい。

眉のあるところはいいのだが、ないところは平板な仕上がりになる。そして照明の当たり加減で、どうかするとてかるのだ。女性タレントで黒いビニールテープのようなものを切り抜いて眉に貼っている人がいるが、あそこまではないにせよ「作った」感は否めない。ないところへ作っているのだから、当然といえば当然だが。

「いちいち描くのが面倒だから、私はもうアートメイクにした」と知人。皮膚の中へ色素を入れる美容医療だ。前は「すっぴんのときも、眉だけはっきりしているというのは、どんなものか」と思っていたが、眉の有無が印象を大きく左右することを知った今は、あり得る選択だ。それで眉問題から解放されるなら。

心が動きかけたところで「そろそろ薄くなってきたから、また行かないと」と知人。半永久的ではないのか。知人は三年にいっぺんくらい通っているという。

やはり何らかの努力は必要そうである。

歯の詰め物がとれたらば

前ぶれはなかった。まったくの不意打ちだった。

パソコンで作業していると、舌に何かが落ちてきた。驚いて出せば、歯の詰め物。虫歯の治療跡に埋めたゴールドがとれ、左上の奥歯に大きな穴が空いている。

硬いものを噛んだ拍子にとか、歯にくっつきやすいものを食べていたとか、思い当たることがあるならまだしも、突然すぎて呆然とするばかり。このところがたつきが気になっていた、ということもない。

たいした原因もなくはずれたなら、ただはめるだけで元に戻るんでは？　指で押し込んでみるも、むなしい。歯医者に行かない限り、元に復することはない。厳然たる事実に落胆し、胃までが急に重くなる。ついさっきまでキーボードを叩いていたときとは、状況はまったく変わったのだ。

おおげさに聞こえるだろう。が、私は歯の治療に関しては、とても「ビビリ」なのだ。胃カメラを飲むよりずっとこわい。

削る工程に恐怖心がある。いつも目を閉じてしまうので見たことはないが、キュイーンという音から細く鋭利なドリルが高速回転で迫ってくるさまを想像して身構える。〇・一秒長く触れただけで、神経に到達してしまうのでは。脇には汗をびっしょりとかく。

そしてこれまでの経験では、詰め物がとれて歯医者に行くと、必ず削る。詰め物の下で二次的な虫歯が生じており、そこを削って型をとり、詰め物を作り直すことに。削る工程は不可欠だ。

恐怖心から一週間動き出せずにいた。が、放置すれば虫歯が進行し、より多く削らないといけなくなるだろう。意を決して歯医者に電話し、今から行くと宣言。出かける間際、詰め物を洗ってとってあったのを思い出し、「ゴールドでたしか高かった。新しく作る詰め物の材料の一部になれば」と、低い期待ながら持っていった。

それが正解。先生に診せると、今回は削らなくても、少しの溶剤と接着剤を入れ、元の詰め物をはめればすむという。助かった！

詰め物がとれるのは虫歯の再発とは限らず、噛む力などがかかり続けることでも起きるそうだ。とれたものは捨てずに持っていってみる、そして何より早めの受診が、軽い負担で治すことにつながると。次もそうするつもりである。

ストレス食い？

しばらくぶりに会った男性の顔がずいぶん細くなっている。「夜中のラーメンをやめたんです」。前の部署では残業後に、いわゆるドカ食いをしていた。

その部署では忙しさに周期があって、月半ばの五日間は毎晩残業。遅くまでデスクに張りつき、集中力の要る事務を大量に処理する。毎晩区切りのついたところで、同僚たちとビールに餃子。それでもまだ頭は出力全開にしていた余熱があって、このままでは寝つけそうにないと、ひとりでラーメン屋に寄って帰っていた。「あれは一種のストレス食いでした」。

ストレス食いか。知人の女性も「夜中のポテトチップスをやめなきゃー」と、会うたびに悲鳴を上げる。和食を家で作っている私を、優等生的な食生活の人と思うみたいで「そういう衝動にかられるなんてことないでしょ」と妙にからむ。いや、その優等生的な食生活だからこそ、というか、「私は今、空腹でものを食べているのではないな」と感じることがしょっちゅうある。

典型的なのが、人前で話す仕事をした後。もともと対面恐怖症の気がある上、話しながら経過時間や、準備した原稿の残り枚数、聴講者の表情など多種多様な情報を高速で処理しているのだろう。終わると、残量五パーセントの表示が出ているのではと思うくらいの消耗をおぼえる。帰りには何か、脳天を直撃するほどの甘さのものをとらずにいられない。新幹線の中なら移動販売を呼び止め、アーモンドチョコレートをひと箱空けてしまいそうな勢いで食べつつ「私は今、食欲中枢が壊れているな」と思う。

家で原稿を書いていて難しい部分に突き当たったときも、突然キッチンへ行ってナッツを齧る。「ナッツなんて、やっぱり健康志向じゃない」とさきの女性には言われそうだが、市販のナッツのふつうサイズのひと袋のカロリーは、私が稀に自分に許すポテトチップスの倍近い。

夜中にポテトチップスは「さすがにヤバい」という理性がはたらき「要するに塩と油を求めているのだろう」と海藻スープにオリーブオイルを垂らして飲んだが、全然代わりにならなかった。そんな生やさしいものでは満たされない。もっと端的な刺激を欲している！

ストレスの多い時期にある程度は仕方ないと思うが、度を越すのはこわい。基礎代謝の衰えていく年代であることも忘れず、せめてまめに体脂肪計に乗ることにしよう。

ぽっこりお腹を凹ませたい

　通販で買ったレギンスが届き、早速試着。鏡の前に立つと、

「お腹が出ている……」

　横向きで見ると、バストトップより前に来る。理想的なプロポーションではいちばん細くあるべきウエストが、逆にいちばん太いのだ。

　正直に言って、私はいわゆる肥満体ではない。乏しいバストと、ウエストをカバーする服を着ているせいもあって、人からは痩せ型と目されている。お腹をつまめば、若いときよりたしかに贅肉（ぜいにく）はついているが、電話帳の厚さ（この比喩も古語になりつつあるのかも）ほどではない。

　だのにウエストの実情は今述べたとおり。このレギンスもS、M、Lの中から迷わずLを選んだ。ブラックフォーマルのスーツも通販で購入したいところだが、ジャケットはS、スカートはLと上下ばらばらなため、異なるサイズの組み合わせの利かない通販では買えずにいる。美観の問題だけでなく、不便でもある。どうにか解消できないか。

　ネットで調べると、出てくる、出てくる。すごく太っているわけではないのにお腹ぽっ

こり、の人に向けた記事。少ない悩みではないようだ。

記事中にある考えられる原因を「妊娠？　あり得ない。病気？　この前健診受けたばかり」とひとつひとつ潰していって、これはと思ったのが、腹筋の衰えだ。

運動の習慣はあるが、その割に腹筋はないと感じる。スポーツジムのストレッチエリアでたまたま行われていた一〇分トレーニングのようなものに出たとき、腹筋運動は人と比べてもダメだった。学校でやらされた、仰向けに寝て手を頭の後ろで組み、上半身を起こすもの。数回でダウンし、周囲の皆さんが頑張る中、私ひとりがただ寝ていた。内臓を支え、前に出てこないようしっかりと抑える「天然のコルセット」たる腹筋が弱くては、ぽっこりにもなろう。

ジムのストレッチエリアで自主的に腹筋運動を試みたが、数回で背中が痛くなり、ぎっくり腰になりそうな不安をおぼえてやめた。巡回していたインストラクターによれば、背中が痛いのは、腹筋が弱いぶん、背中に負担がかかるから。痛いからやらない、やらないとますます腹筋が衰えるという悪循環。断ち切らないと。

「寝ないでできる腹筋運動ってありませんか」とインストラクターに聞けば、いちばん簡単なのは呼吸とのこと。吐くときに、お腹を背中に押しつけるようなつもりで凹ませ、出しきる。これなら立った状態でも座った状態でも、それこそ乗り物の中でも行えると。

試みているけれど、言うほどに簡単ではない。動きとしては、歯を磨きながらでもお皿を洗いながらでもできるはずだが、その、「ながら」ですることの方に集中してしまい、呼吸への意識はおろそかに。お腹に力の入っていない、ただの呼吸にすぐ戻る。

何もしないよりはマシだろうから、心がけていくつもり。

数字を気にしてしまうけど

キログラムの定義が一三〇年ぶりに改定されるというニュースを聞いた。キログラムで表される重さが変わるわけではなく、精度を高めるため、これからは光の持つエネルギーの単位を使った定義へ移行するそうだ。ニュースの中で印象的だったのは、これまでは「日本国キログラム原器」なるものを基準にしてきたという話。

それは何ぞやと調べると、「国際キログラム原器」なるものがフランスにあり、複製が四〇個作られて世界各地に配布され、現在日本にあるのはそのうちの二つという。フランスのそれを画像で見たら、金属製の分銅で、三重のガラスケースに入っていた。

キログラムなんて抽象的な単位と思っていたが、基準とするモノがあったのか。たしかに皆で共有するためには、何らかのモノにして普及するのが、手っ取り早い。私たちが小学生の頃から使っている三〇センチ物差しなんて、まさにそうだ。

フランスでも日本でも湿度などの影響を受けないよう、厳重に保管されているが、世界各地の複製を持ち寄って比較したところ、原器との間にわずかながら重さに違いが生じていたという。

あるイラストレーターの修業時代のエピソードを思い出す。先生の仕事を手伝い、指示されたセンチメートルの線を引いていたが、先生の線と長さが違う。ちゃんと測れと言っているだろう、測っています、のようなやりとりの末、双方の物差しを突き合わせると、ひと目盛りの間隔が違っていたと。物差しも工業製品。合成樹脂の板に目盛りを印刷していくのだろうが、その過程で板が伸び縮みでもしたのだろうか。

私はジムに行くたび体脂肪計に乗る。介護リスクを減らすには、筋肉と骨がだいじ。ジムにある体脂肪計では、筋肉と骨の量の測定はできないが、類推できる。体重は変わらないのに、体脂肪率だけ上がっていたら要注意。一パーセント未満の増加にも気を引き締める。

このほど会員種別を変更し、系列の別の店舗も利用できるようにした。すると、別の店舗の体脂肪計では、四パーセントも異なる数字が示される。四パーセントなんてどう頑張ったって、そうすぐに減らせるものではない。「間違って、別の値をはじき出しているんじゃないの」とやり直したほどだ。

次の日、元の店舗で量れば、従前どおり。機械によってこうも違うとは。体が重いとか服がきついとか、感じることを基準にする方がいいのかも。

抽象的な尺度と主観とがかけ離れていると感じるのは、時間である。出かける前の一〇分は飛ぶように過ぎる。あと一〇分あるからトイレに行ってコートを着て、財布を鞄に入れたか確かめていたら「もう一〇分?・」。逆に待たされているときの十分は長い。予約なしで病院へ行き、診察まで一時間ほどかかると言われ、だいぶ経つけど、と時計を見れば「まだ一〇分?・」。

細かな数字に振り回されすぎず、主観とほどよく折り合いをつけ、心身をコントロールしていきたい。

油抜きの一週間

お腹にやさしい食事を心がけることがある。風邪のときとかノロウィルスなどの胃腸炎からの回復期とか。

最近私は胃潰瘍を患った。薬で治していく間の注意事項に言われたのが、繊維と油を避けるようにと。繊維のみならず油も胃に負担をかけるそうだ。

油抜き生活がはじまった。

揚げ物なんてもってのほか、炒め物もしない。最初は胃がとにかく弱っているので、お粥のみ。調理する元気がなく市販のお粥を買ってきたが、そのままでは胃にもたれ、水で倍に薄めたものを電子レンジで温め食べて……というより飲んでいた。お粥に載せる梅干しだけでは塩分が不足するらしく、試しにめんつゆを飲んでみると「美味しい！」。めんつゆをお湯で割っては、日に何度もすすっていた。

少しよくなると家でお粥を炊き、ときにはうどんで変化をつける。うどんはコシが売りのものが多いが、この場合、消化のしやすさが第一なので、コシのなくなるまでくたくたに煮た。

野菜は三日間まったくとらなかった。「野菜をとりましょう」と世の中であれほど言われているのに、だいじょうぶかと不安になるほど。お粥、うどんとひたすら炭水化物である。流行の糖質制限ダイエットの逆を行っている。

包丁とまな板はこの間全然使っていない。皿も同様。洗いものといえば、お碗や湯呑みといった、液体を入れるものばかり。生ゴミは嘘のように出ない。キッチンも様変わりだ。

四日目から野菜をとりはじめたが、そこが油抜きの難しさ。市販のポタージュスープは、バターや生クリームといった脂肪を含むため適さない。

にんじんやかぼちゃを圧力鍋でやわらかく蒸し、フードプロセッサーで繊維を断ち切り流動食状に。たんぱく質も補わねばと、ゆで大豆も加えてすりつぶす。市販の離乳食の方が、栄養をバランスよくとれるし早いのではと思ったが、成人の必要量を満たすにはどれだけたくさん買ってこないといけないかを考え、やめた。

エネルギーの不足分は、筋肉からとりくずしている感じで、腿（もも）の裏なんかあきらかに落ちている。たんぱく質をもっととるべく、六日目からは蒸した白身魚も投入。甘味もそろそろほしい頃だが、焼き菓子やチョコレートは脂を含むのでNGだ。はちみちをすすっては、めんつゆ同様「美味しい！」。めんつゆとはちみつの消費量は目に見えて上がった一週間だった。

一週間の油抜き生活により体脂肪率はどれだけ下がったかと、この効果だけは期待し、八日目に体脂肪計に乗ったところ、意外にも変わりなかった。体重は二キロ減。脂肪も筋肉も同等に落ちたので、割合としては不変なのか。きれいに痩せることをめざすなら、極端な油抜きはおすすめしません。

いささか肩すかしを食った思いだが、気をとり直して筋肉の増強に励んでいる。

買いおきをする派、しない派

買いおきをめぐって、以前二人の女性が論争していた。三十代のひとり暮らしの女性である。

ティッシュペーパーを例にとれば、ひとりは五箱ひと組のをスーパーで購入する。よく使うものだから急になくなると嫌だし、必要に迫られ高い値段で買わされるのはもったいない。安いときにまとめ買いしストックすれば、安心だし節約にもなると言う。

もうひとりは逆で、買いおきをしない派。よく使うものなら、なくなりそうになるとわかるので、そのときに次のを買う。コンビニがあるので、突然でもだいじょうぶ。しかもまとめ買いはせず、ティッシュペーパーならひと箱だけ。五箱ひと組より割高なようだが、自分にとって何より高いのは家賃。買いおきのスペースのため家賃を割くのは、その方がもったいない。コンビニをわが家のストックと考えればいいと。

それぞれに理があるが、若かった私はどちらかと言うと後者に与(くみ)した。家が狭いと省スペースが優先である。

その方針は体調を崩すとぐらつく。コンビニが近くても、自分の方が行ける状況にあるとは限らない。鼻風邪を引くとティッシュペーパーひと箱がおそろしい勢いで空になるのは、誰しも経験済みだろう。そういう症状のときはたいてい熱も伴って、だるい。

先日の胃潰瘍では「レトルトパックのお粥くらい買ってあれば」と後悔した。お粥なんて炊飯器のスイッチひとつで炊けるから、買うという発想がなかったけれど、そのスイッチひとつを押すまでの、米を計量し研いで水を切り内がまに移し目盛りに合わせ水を張る、という作業をする力がどうにも出ないときがある。そもそもお粥が必要なのは、体調が万全でないときなのだ。

少し元気になってから五袋買ってきた。胃潰瘍は快方に向かっているが、風邪や感染性胃腸炎のシーズンを迎える。場所ふさぎでも買っておく価値がある。

「うちの親もそういうタイプ。でもストックしたのを忘れて、消費期限が過ぎていることがよくある」と知人。どきりとした。それがいちばんもったいない。

確認すると一九年の三月某日。意外と使わず直前に慌てて食べることになる予感もするが、それはそれで体調を崩さず冬を越せたわけだから、よしとしよう。

面倒な昼ごはん

「昼食がこんなに面倒とは思わなかった」。早期退職し自宅で仕事をはじめた、独身女性は言う。勤めていた頃は近くの店ですますか、何か買うか。利用には消極的だったが、いざとなれば社員食堂もあった。

住宅地の家にいる今は、そのためだけにわざわざ出ないといけない。コンビニまで徒歩一五分。オフィス街と違って弁当の移動販売も来ない。料理は嫌いでなく現役時代も気が向けば夕飯を作っていたが、それと「来る日も来る日も三食作るのは全然別だった」。菓子パンですませたいくらいだが、若者でもないのにわびしい気がするし、メタボになるリスクも思う。妻の声としてよく、定年後の夫に毎日昼食を作るのがプレッシャーというのは、これだったかと。

私も家での昼食が基本。外へ行くとなんだかんだで帰ってくるまで小一時間かかり、作る方が早いとわかった。

干物をガス台のグリルにかけ、焼けるまでの一〇分間に青菜をゆでる。よく「昼は麺類で簡単にすませる」というが、麺類は食べるのが簡単なのであって、作るのは必ずしもそうでないのだ。ゆでる手間なら麺類も青菜も同じ。ゆで時間は青菜の方が短い。

後は作りおきのものを温めたり切ったり。「常備菜」というとひじき煮やアジの南蛮漬けをイメージし、アジを揚げる、乾物を戻すといった手間を考えるだけで萎えるが、それは自らハードルを上げるようなものである。私は週にいちど何らかの根菜を水煮しておく。電子レンジで加熱し、だしと味噌を溶き入れれば即席汁に。水煮をきらしているときは、削り節と海藻と味噌をおわんに入れて、湯を注ぐ。

もうひとつの作りおきは糠漬けだ。人に言うと「それって毎日かき混ぜないといけないんでしょ」とまたまたハードルを上げてくるが、冷蔵庫で保管するなら数日おきでだいじょうぶ。市販品には、週一回のかき混ぜでいい糠床もある。糠漬けがあれば、とりあえず野菜はとれる。ピクルス感覚で囓るなら、糠を洗い落とすだけ。切る手間も要らない。

それすら面倒で納豆、ご飯、ちりめんじゃこのみのこともあるが、少なくとも菓子パンより栄養バランスはよさそうだ。

ただ毎食似たようなものを作っていると、単調になるのは否めない。たまに店で食べたり買ってきたりすると気分転換になる。歩いていくのは運動にもなるし。昼食のために外へ出るのを、義務でなく楽しみとしておきたい。

歩く効用

四〇歳のとき開腹手術を受けた後、看護師さんに言われたのは、とにかく歩け、ということだ。手術当日はベッド上で安静、翌日は寝返り励行、翌々日から歩行。座る、立つといった準備期間を経ないで、いきなり歩行を促される。

へそあたりから縦一文字に切った傷があり、腹の皮がちょっとよじれても痛い。包帯が盛大に巻いてあり、立って下を見ても包帯の厚みでもって足もとが見えないほどだ。絶食中で腕には点滴の針が刺さっており、点滴の袋を掛けた車つきの台と管によってつながっている。その車を自分で転がし移動させつつ歩けという。

「痛み止めを打ってでも歩く方が、腸の治りは早いですからね」と言われた。

後で詳しく聞いたところ、手術の後は腸が癒着しやすいが寝返り、そして歩行によって腸を動かすとくっつきにくくなるとのこと。そうだったのか。

今よりは若かった私にとって歩くとは、息をするとか咀嚼（そしゃく）するとかと同じく、当たり前にすることであり、意味なんてわざわざ考えはしなかった。歩くことにそんな効用があったとは。

病室のあるフロアーを点滴台を押しながら、日に何周も歩き回る。どこかへ行くためではなく、歩くための歩きであった。

六〇歳に近づき、その間親の介護も経験した今は、歩くことのだいじさを切実に感じている。父は九〇歳で亡くなる半年前、風邪で寝込み、家族としては痰（たん）が詰まって窒息しないようにするので必死だったが、その危機を脱し、一週間ぶりにベッドから足を床へ下ろしてみると、歩き方を忘れてしまっていた。

五十代の私ですら、この前二日間寝込んだら、腿裏の筋肉がはっきりわかるほどに落ちていた。たった二日歩かなかっただけなのに！

ちなみに風邪の後、立ち方もおぼつかなかった父は、訪問看護師さんに手をとってもらい浴室へ行けるまでに回復した。九〇歳でも歩行を取り戻したというのは、高齢になっていく上での大きな励みだ。

意外に健脚

久しぶりに大歩きした。一泊二日を過ごした長野県のリゾート地で。一日目は川に沿ったゆるやかな傾斜の遊歩道を、まずは上流に向かって約二時間。下りは日没と競争するように急ぎ足で一時間、ノンストップで歩き通した。

翌朝の筋肉痛を心配したが、起きてもどこもなんともない。運動した効果でよく眠れ、体力はむしろ満ち満ちていると感じる。

二日目は岐阜県を経由して帰るコースをとり、途中で乗鞍（のりくら）に立ち寄る。乗鞍は山頂近くの畳平（たたみだいら）というところまで、バスやタクシーで行ける。畳平は「天空のお花畑」として知られ、白い可憐な花が咲き溢（こぼ）れている写真を、私も見ている。香りつき柔軟仕上げ剤のコマーシャルにでもありそうな、ファンタジックな野原の散策となるだろう。

行ってみると、想像と違った。売店がL字に囲む駐車場に降りれば、花のない原っぱ。そうだった、標高二七〇〇メートル超のここは、平地より冬の訪れは早い。

せっかく来たから、背後にある山の方を散策。魔王岳という山で徒歩一五分ほどで登れるそうだ。岩がちの斜面は、登りやすいよう段々を付けてあるとはいえ、昨日の遊歩道より急だ。一段一段足を引き上げるにつれ、ふくらはぎより先に肺に来る感じ。平地より空気が薄いのだ。

頂上に着くや、防寒具の裾もまくり上げられるほどの風に即退散。冷えきった体で駐車場へと下り、ソフトクリームの大きな看板が見えたときは何の罰ゲームかと思ったが、それでも頂との間をいっきに上り下りできたことに「私も意外に健脚だな」と気をよくした。気をよくしたついでに帰宅後、ジムで運動までした。乗鞍の後は、車中でずっと座りっぱなし。凝りをほぐした方が、旅の疲れが残るまいと。

その晩、ただならぬだるさに目が覚める。いつもと同じ布団が妙に重たく暑苦しい。経験のない違和感に不吉さすら覚え「親族の誰かに悪い報せが？」と留守番電話を確かめたほどだが、録音は何も入っていなかった。

ひとまず安堵（あんど）し、気づいたのは腿の張りとほてり。もしかして筋肉痛？　筋肉痛は炎症のひとつと聞いたことがあるが、熱を持つほどの、しかも眠りを破るほどの筋肉痛ははじめてだ。

そしてまた、なぜこのタイミングで。川沿いを三時間歩いた晩はなんともなかった。年をとると筋肉痛は遅く出るといわれる。これは一日目の分なのか。だとすると短時間ながらよりハードな上り下りをした二日目の分は、もっと？

起きてから筋肉痛について調べると、張り切って急に長時間歩いたり山登りをしたりするとなる、と私には刺さる記述があった。二日目にジムまで行ったのが悔やまれる。あれは調子に乗りすぎた。筋肉痛の原因を進んで追加したようなものである。あれこの文章を書いている今は、二日目の筋肉痛を迎えようとする夜。ふくらはぎにあらかじめ湿布を貼って備えている。痛みを完全には避けられないだろうが、過信は禁物という教訓を得た対価と考えよう。

体の硬い人

体が硬いのがコンプレックスだった。小学校の体力測定以来である。当時の柔軟性のテストは、台の上に立ち前屈して、伸ばした手が台の下何センチまで行くか。私はマイナス二〇センチ。「硬いねー」と先生に言われた。柔軟体操の指導も、今にすれば間違っていたような。足を伸ばして座り、上体を前に倒せば、ヒの字に止まっている私の背中を、先生がぐいと押す。「痛たたたた」。柔軟体操にすっかり苦手意識を持ってしまった。

小、中、高ともクラスには必ずやわらかじまんの子がいて、立位からの前屈で掌（てのひら）をべったり床につけたり、左右の足を一直線に広げたり。

数年前、誰でもべたーっと百八十度開脚できるようになる、といった類の本が次々と出版され、知人は「それができて何か得するわけでもないのに、どうして売れるのか」と不思議がっていたけれど私にはわかる。やわらかじまんの子が羨ましかったし、し残したことのあるような気がするのだ。買いそうになったが「硬い人の私には無理」とあきらめた。

最近になって知ったのは、体の硬さは実は、骨盤の向きとも関わるらしいこと。骨盤が後ろへ傾いている人は前屈が苦手だそうだ。小学校のときした柔軟体操も、骨盤後傾の人は、前屈以前に、足を伸ばして座る姿勢そのものを痛がるという。まさしくそう！　その姿勢でいるのがつらく、背中を何かに寄りかからせるか、仰向けにひっくり返ってしまいたかった。骨盤の傾きに従い、後ろへ倒れたいのを、必死になってくい止めていたからだろう。

骨盤を前傾させ、同じ体操をしてみれば、ああら、膝にも届かなかった指先が、足のつま先を難なくつかめる。「硬い人」と思い込んでいたン十年は何だったのか？

むろん柔軟性に関わるのは、骨盤の向きだけではない。が、もともと筋肉がやわらかい人でも、何もしなければ硬くなり、関節の可動域が広い人でも、狭くなる。ある程度の年になれば、生まれつきより運動習慣がものを言うのだ。

つま先をつかめることで、知人の言葉どおり何か得するわけではないけれど、長年のコンプレックスからは、少なくとも解放された。

「ちょい太」でいいのかも

四日間ほぼ絶食して過ごした。腸閉塞の療養のためである。腸が何らかの理由で動きを止めてしまうもので、本格的に詰まったら入院での処置が必要だが、なりかけの段階では自宅で治すこともよくあるという。

「簡単に言えば、スポーツドリンクを飲んでじっとしていることに尽きます」。受診したクリニックの医師は言った。腸を活発にする漢方薬を服用し、後はひたすら腸の動き出すのを待つ。消極的なようだが、最善の方法らしい。

絶食なんて、ふだんの私からすれば想像の外だ。「三度の飯が生きがい」とまでは言わないが、「次は何を食べよう」と考えたり作ったりすることが、日々のかなりのウェイトを占めている。しかし、実行する他ない。

食事の支度に類するものは、かき混ぜることのみとなった。スポーツドリンクに代えて、砂糖、塩、酢、水を混ぜる。甘みに飽きたときの飲料として、だしの素をお湯で溶く。めんつゆをお湯で割る。野菜不足に気をつけ、魚のおかずに大豆製品を加え、たんぱく質の摂取を心がけている私としては、嘘のような食事内容だ。

冷蔵庫の中のものは、全然減らない。野菜室は満タンのまま。納豆と干物は、冷凍庫へ移す。

排水口のゴミ受けネットは、替える必要がない。ふだんは糠漬けを洗った糠がすぐ溜まるが、いつまでもきれい。生ゴミも出ない。

洗い物はカップとスプーンばかり。箸も使わず、組板(まないた)と包丁もずっと乾いたままである。「三度の飯、命」に近い私のこと。どれほど空腹にあえぐかとおそれたが、そうでもなかった。その間、家でじっとしていたわけではなく、会議や打合せには出ていた。行き帰りに駅ビルの惣菜売り場を通るが、特に何も感じない。会議中は、エネルギーを消費するが、塩飴を舐(な)めてしのげた。

体重がさぞや落ちただろうと思えば、最初の一日で一・六キロ減で、後は横ばい。人間、水と塩分と糖分のみで、意外となんとかなるものなのか。腸が動き出したら、空腹をおぼえはじめ、お粥から徐々にふだんの食事に戻し、「三度の飯」を作るという日々のリズムも回復していった。

食事と日々の成り立ちとを考えた四日間。こういう不測の出来事に備えて「ちょい太」でもいいのかも。

残念な座り方

電車で運よく席が空いていると、ほっとする。とにもかくにも書類鞄を下ろすことができる。腿の上に乗せて、ストラップを肩からはずし、ふうとひと息。

雑誌やネットの「ながらビューティー講座」といった記事では、電車の中でのエクササイズを奨励している。ジムに行く時間がないとぼやいているあなた、移動時こそ運動不足を解消する絶好のチャンスです、つま先立ちでふくらはぎを鍛えましょう、吊革を引っ張り二の腕をスッキリと、なとど。そうでしょうけど、持ち物といい履き物といい運動に適していないし、移動時くらいひと休みしたい。

視線を上げると、まさしくビューティー講座のような動画が、ドアの上で流れていた。椅子に腰かけ膝を閉じ、腿の内側どうし押し合うようにすると、どこやらがシェイプされるとか。

半分くらいの興味で見ていて、ハッと気づく。私の膝は開ききっている。鞄の重みを受けてつい？　いや、常にこうかも。座れてほっとした瞬間、心身がゆるみ、膝を意識することはない。

思い出すのは高校のときの通学電車。中距離電車なので、四人掛けのボックス席があった。空いた時間帯に帰るときは座るが、すると目に入るのは、向かいの席の人の膝。シニアのご婦人は、たいていは開きぎみだ。

当時のシニア女性は慎み深いので、つま先からかかとはくっつけている。が、膝までそれを維持するには、腿の内側の筋肉が要るのか、電車に揺られ少しずつ開いていくようだ。足先は閉めているので、V字になっている人も。スカートの裾が左右に張って、シミーズの見えている人もいる。慎み深い当人が知ったら、かなり不本意な姿なのでは。

意識では閉じていても、筋肉の衰えにより開いてしまう。私も将来気をつけようと思ったが、意識することすら忘れ、「残念なおばあさん」になっていた。

男性も他人事と思わないでほしい。男性で膝を開いて腰かけている人は、ほんとうに多い。老若を問わない点で、そちらの方が深刻かも。

観察していると、浅く腰かけている人に顕著である。筋肉もさることながら、骨盤の向きが問題か。

ジムで基本姿勢として言われるのが、お尻の穴を床と垂直に立てる、そして締める。四六時中とはいかないが、できる限り実践したい。

カッコイイことになっている

流行とはわかっているけど、なんか変。そういう服装はないだろうか。ああすれば今っぽくなるのだろうけど、ほんとうにカッコイイのか？　少なくとも自分には無理なのではとためらわれるもの。

私にとっては「前シャツイン」がそうである。説明すれば、シャツの前三分の一くらいをパンツの中へ入れる着方だ。後ろははみ出たままにするので、斜めに垂れ下がる。

その着方を最初に知ったときは、新鮮に感じた。それまでの私には、シャツをパンツの中へしまうのはダサイ、という頭があった。

中学で制服になったとき、男子ははじめはズボン（今は制服でもパンツというのか）の中へシャツを真面目に押し込む。やがて、先輩たちは必ずしもそうしてないと知り、オーバーシャツにして着くずすのが、おしゃれへのめざめであった。

前シャツインは本来、その逆を行くものである。

近年、店頭のディスプレイも通販サイトの商品画像もそういう着方をしているのを目にし、「インしていいことになったのか」と知った。

でも、実際にそうしている人を見ると、微妙だ。「トレンドを意識している人」だとわかる。が、「トイレから慌てて出てきて、シャツの前だけパンツのボタンにひっかかっている人」にも見えなくはない。

特に大人が流行をとり入れるのには、慎重さが求められるように思う。下手すると、たまたま聞いて知った若者言葉をよろこんで使っているけどそれ以外は年齢なりのおばさん、と似たことになる。

私で言えば、おしゃれに無関心なわけではないが、トレンドにキャッチアップしていくことはできなそう。この年になると、快不快に正直というか、着心地の優先度が上がる。例えば「このパンツにはスタッズのたくさん付いた革ジャンを」というコーディネイトが流行(はや)ったとしても、スタッズ付きの革ジャンみたいな重くて肩の凝るものは、とても着られない。パンツだけ今ふうで、上はふつうにカーディガンなどを着た、トレンドを中途半端にまねている大人が出来上がるだけなのが、目に見えている。

それよりはトレンドに距離を置く方が、無難かも。

前シャツインとセットになっている着方が「抜き襟」だ。ファッションの文脈でこの言葉を聞いたとき、和服の話かと思った。まさか洋服でトレンドになろうとは。

シャツを後ろへぐいと引き下げ、背中の開きを大きめにする着方。それだけだと前が詰まって首が苦しいから、襟も第二ボタンかそれ以上はだけて、Vラインを作る。

テレビでニュースを読む女性が、シャツブラウスでこの着方をしていたとき、

「ふつうに見て、やっぱ変だよな」

と感じてしまった。はじめからVネックのものならまだしも、襟を平らにつぶして左右に広げVラインにしているのは、無理がありすぎ。

私はシャツブラウスはよく着るので、早ければ数年で買い替え時期を迎えるが、そのときに流行の変化を目の当たりにする。前に買ったサイトを再訪すると、モデルさんがどのシャツもみんな抜き襟ふうに着ている。ポーズも抜き襟ふうを強調すべく、後ろへそっくり返っていたり、背中をこちらへ半分向けるように上体をひねっていたり。シャツ本来の形がわからない。

「気をつけの姿勢でまっすぐ立って、商品をよく見せてくれ！」

と言いたくなる。抜き襟ふうに「も」着られるのか、形そのものが後ろ下がりにできているのかわからず、ほんとうに不便。サイトの作り手は、「誰もがトレンドっぽく着たいもの」と思っているのだろうか。

抜き襟を目の敵にするわけではないが、合う体型の人とそうでない人がいるのだ。胸の薄い私がすると、たぶんつらい。

この文章が本になる頃には「前シャツ、抜き襟、何それ？」となっていることを祈るのみだ。

去ってほしい流行

　秋が来て、首筋をさらすのがさすがに寒くなってくると、抜き襟は一段落したが、同系統の形としてしぶとく残っているのがドロップショルダーとボリューム袖だ。日常語に直せば、肩が落ちていて、腕が太い。

　肩幅なんて、商品情報に五四センチとか書いてあって驚く。前に買った商品のサイズを、購入の履歴から参照すれば、そちらは三六センチと、実に二〇センチ近い差が。抜き襟のルーズ感と共通の、いわゆるビッグシルエットだ。

　この形が流行りはじめたとき、「これは買わないな」と思った。今年の流行は来年の流行遅れと同義語。せっかく買っても、すぐに着づらくなる。

　その流行が予想に反して長く続いている。

　ワンシーズン、一年といった短いサイクルではない。パンツの方も袴かと思うワイドパンツがすたれずにいる。

「うち続く時代の閉塞感に嫌気がさし、せめて着るものくらいきゅうくつでなく」のような分析もできるのだろうか。たしかに男性のスーツなどずっと細身で、前ボタンなんてはじけそうだし、肩なんかも「事務をとるのに縫い目が突っ張ってしようがないのでは」と思うくらいであった。ひとたび買ってしまったら、着られる体型を保つためにも並々ならぬ克己心が要ったことだろう。

しかし女性のボリューム袖は、着心地がいいかどうか疑問だ。ゆとりはあろうが、おしゃれにおける楽さは実用的であることも含む。あの袖で事務をとったら、デスクの上のいろんなものに当たってじゃまになるし、袖そのものも擦って汚れること必至。食事のときもしかり。テーブルの上の箸置きとか醤油皿とかを払い落としそう。

上に重ね着ができるかどうかも疑問。ふつうのコートの袖にあの袖を入れたら中でつぶれて、脱いだときしわになる。その点では、ドロップショルダーも同じだ。「そこは肩ではなく二の腕だろう」というところまで落ちている。コートの肩におさまらず、袖のつけ根の下側がたぶんしわに。寒暖の調節ができない服なんて！

冬になったらすたれるだろうと予測していたら、逆だった。ニットもボリューム袖。そしてコートの方でボリューム袖やドロップショルダーに対応していると思われるものが登場した。袖付けが、本来の肩の両端より大幅に外へはみ出ていて、その袖は幅広の筒のような形。襟ぐりは、夏の抜き襟と同じくVの字に開いている。前は、共布のベルトを結ぶ。和服の襦袢のようである。

商品画像を見たとき、「いくらビッグシルエットがトレンドと言っても、これはない」。

広い袖口から風が吹き込んで寒すぎ。襟が開いていて、胸元も寒すぎ。マフラーで覆いなさいということかもしれないけれど、コートなんだからやはり防寒性を第一とすべきでは。

実用を離れたおしゃれという点でも、疑問符がつく。流行のドロップショルダーのトップスは、あの肩ならたしかに収まる。が、シルエットは、ほんとうにカッコイイのか。シャツやニットと違って、コートの生地には厚みと張りがある。肩がうまく落ちるだろうか。

あのコートはいくらなんでも、来シーズンは残らない気がする。

流行の服が自分に合わないという話をすると、必ずこう反論される。

「流行を追わなくても、好きなものを着ればいいじゃない」

正論だ。それができればそうしたい。が、着たくても流行のものしか売っていない現実がある。

手の出しやすい価格帯のブランドほど、そうだ。コートは流行のものが合わないシーズンは、購入を見送ることができるが、数年着て傷んだシャツやニットは、買い替えをまったくなしにすませるのは厳しい。

春が来るとはおりものを脱いで、シャツが前面に出るようになる。そのときも依然、抜き襟、前シャツイン で、ビッグシルエットの流れはまだまだ続くのだろうか。

素材はだいじ

大人といわれる年代になり、服に求めるのは何よりも着心地。若い頃は、服は見た目で飛びつき、少々きゅうくつでもがまんと勢いで着てしまうことができた。残念ながら今の私はそうではない。のびとゆとりが欠かせない。具体的には、素材は伸縮性の化学繊維であるポリウレタンの混紡を、形はタックやギャザー入りを選ぶ。同世代ですっきりしたラインの服を着ている人は、疲れても腹筋をゆるめないなどの、がまんという代償を払っているものと思われる。

人に贈られたとあるワンピースは綿一〇〇パーセントで、すっきりした形。はじめに見たとき「無理かも」。断念しかけたが、ネイビーという私の好きな色と生地の風合いとにひかれ、試しに袖を通すことにした。

意外。鏡の前で腕を上げ下げし、椅子に座りもしてみたが、どこもきゅうくつでない。着心地のよさと「すてき」とが両立できている。

すっきり見えるが実はAライン。ゆとりはタックやギャザーのみにてもたらされるものではないと知った。大人の体型を考えた絶妙なカッティングによって可能なのだ。

のびの方は、伸縮性の化学繊維を入れなくても、織りで実現できるのだろう。機能性の化学繊維の登場で忘れかけていたが、そもそも綿が、やわらかくて肌なじみのよい素材なのだ。民俗学者の柳田国男のかの名著『木綿以前の事』が語っている。木綿の登場する前、庶民は麻や木の皮や蔓(つる)などを裂いてたたき、なんとかやわらかくして身につけていた。「木綿の衣服が作り出す女たちの輪廓は、絹とも麻ともまたちがった特徴があった」。たしかに麻ほどの硬さのない綿は、肩や胸など要所要所で女性らしい丸みを表し、かつ、絹よりは張りがあるので、ボディラインにつかず離れず、うまくカバーしてくれる。木綿のよさを再発見!

綿は夏素材のイメージだが、透け感がなく立体感のあるこの生地は、夏に限らず着られそう。暑い時期は一枚で肌ざわりを楽しみ、寒くなったらインナーを重ね、グレーのレギンスや、絣(かすり)の中の色であるブルーのストールと合わせるつもり。

指輪のサイズ

指輪を買おうかという気に、ふとなった。サンゴの指輪だ。

生物としてのサンゴを調べる必要があり、ネットで連日検索していたら、「サンゴを買いたがっている人」と勘違いされたらしい。調べ物がすんだ後も、サンゴの装身具の広告が画面に出る。「だから、その話はもう終わりました！」と苛立っていたが、その中のひとつにひかれたのだから、おそるべき広告効果だ。

モノ減らしの流れで、指輪もかなり少なくしたが、たまにはいいかもと、商品ページへ行ってみる。そこではたと思ったのが、自分のサイズは何号だっけ？　左手の中指に着けるのが若いときからの習慣で、サイズといえばそれひとつなのに、忘れていることに驚く。

考えてみれば、最後に買ったのは四十そこそこ。

三十代ではもっと頻繁だった。あの頃は指輪に意味を持たせていた。頑張った自分へのご褒美……とは、女子にモノを買わせる宣伝に乗せられているようで恥ずかしく、抵抗感があったが、「仕事の忙しさの中、パソコンのキイを叩く指にふと燦めく小さな石に癒やされる」とか「いつか結婚するかもしれない日のために薬指は空けておくけれど」……自分へのご褒美と変わりないか。書きながら赤面する。

四十そこそこで買ったのは、小さな石を好きな組み合わせでオーダーするもので、納品までに三ヶ月かかる。当時の私は健康問題につまずいたばかり。「三ヶ月先にはどうなっているかわからないんだし、なんてためらうようではダメ」と弱気を克服する思いでオーダーした。

そうしたストーリーを被せず、単純にモノとして買おうかどうか迷える今の心持ちはずいぶん自由。でもサイズが不明でははじまらない。

ネットでは測り方が紹介されている。指に糸を巻いて一周したところへペンで印をつけ、糸の長さを号数へ換算する。実際にすると、糸の締め具合やペンのインクのにじみ具合によるのか、三回測って三とおりの号数が出た。誤差がありすぎる。

失敗を防ぐため正確に知ろう。これからまた指輪を買うようになるかもしれないし。測る道具を検索し、リングゲージなるものを購入。それで安心してしまい、指輪そのものは購入に至らず止まっている。

私のＰＣ画面にはサンゴに代わり、リングゲージの広告がやたら出る。今こそ指輪の広告のしどきなのだが。

首のやつれをカバーしたい

風薫る季節が到来し、服の襟ぐりが広くなると、大人世代としては気になるのが首。

「デコルテって年齢が出るのよね」

知り合いの年上の女性は、この季節になるとよく言っていた。首を伸ばしていても横縞のような皺が寄るし、鎖骨近辺の肉も下の方へ落ちてきて、「太っているのに痩せ胸」という事態になる。

冬はハイネックで隠せるが、春先からは綿や麻のストールを巻きつける。それも見た目が暑苦しくなると、スカーフをリボンのように細く折って、首に結び、両端をデコルテ前に長く垂らす。全部は覆えないけれど、スカーフに目を引きつけることでごまかすのだと。そのためのスカーフを何本も持っていると言っていた。

知り合いの話を聞いていた頃の私はまだ若く、首をカバーする必要性にはあまりピンと来なかったが、このほど「これか」と感じることがあった。

家ではラウンドネックの薄手のニットをよく着る。春になってから、昨シーズンも着ていた綿のセーターに袖を通し、襟ぐりから頭を出した瞬間、洗面所に映った自分を見て、

「ん？ なんか、やつれた印象」。

筋張り、骨張っている上に、肌の色もずいぶんくすんでいるような。冬のセーターに比べて襟ぐりが広く、露出が多くなった分、余計目につくのか。それとも冬の間に、加齢が一段と進んだか。

そのデコルテに、グレーやネイビーといった暗めの色の襟ぐりが乗っかっていると、首もとを隙間風が吹くような、貧相な感じがしてしまうのだ。

薄手のセーターこそは、雑誌の服減らしの特集でもよく「着心地よく楽で、あると便利ですから、数枚は残しておきましょう」と推奨されているほど、大人世代の頻出アイテム。首の老け見え問題に対しては、皆さんどうしているのだろう。知り合いのとっていた方法では、スカーフが数、要るし、結んで形を整えるのが面倒そう。

セーターを売る側では、どんな提案をしているのか。着こなしを探るべく、昨シーズンにそのセーターを買ったサイトを訪ねると、「なるほど」。

白いスタンド襟を首もとへ持ってきている。商品は襟付きの長袖カットソーで、セーターの下に着て、ラウンドネックのラインから襟をうまく出しているのだ。スタンド襟だからハイネックぎみにはなるけれど、レースなので見た目、涼しげ。

しかも白は、大人世代の味方の色だ。肌がくすんでくるのは、デコルテだけでなく顔も同じ。そこへ下から光を当てる効果がある。写真撮影でよく、レフ板と呼ばれる白い板で光を反射させ、モデルさんの顔が明るくなるようにしているが、あの板の役割だ。グレーやネイビーの襟ぐりと顔の間に白を差し入れるのは、理にかなっている。

「残り一点」にあおられて

年齢の出る首をカバーする方法として、有効に感じた白い襟。より詳しく言えば、白いレースのスタンド襟付き長袖カットソーを、暗い色のニットの下に重ね着し、襟を出す着こなしだ。

サイトではおすすめの着こなしらしく、いろいろなニットと組み合わせてある。購入へ進もうとすると、残念、売り切れ。そうだろうな、これだけ頻出させていれば、「便利そう」と誰でも思うはず。

同社の商品を扱う別のサイトには一点だけあり、そちらはタイムセール中だったから、私も運がいいものである。迷わず購入。

しかし届いて、「えーっ」。これは誤算。トップスに流行りのボリューム袖だ。上にものをはおりにくいので避けるようにしていたが、今回はうっかり忘れた。

近頃のトップスの例にもれず、袖付けラインは肩より下がり、二の腕あたり。袖側の布にはひだがたっぷりとってあり、二の腕から先が大きく広がる。

試着したが、袖付けも袖もかさばり、ニットの中に収まらない。商品画像ではどうしてあんなにうまいこと、襟だけ出ていたのか。撮影用に一時的に袖をつまんで縫い留めたのではと思うほど。画像を作る側は、シャッターを押す間だけ形がつけばいいだろうけど、着る側は一日じゅうなのだ。

それにしてもなぜにボリューム袖？　ブラウスならまだしもカットソーなのだ。しかもサイトの扱いでは、いろいろなニットの下から襟だけ出させ、重ね着アイテムとして多用されている。ボリュームを持たせる必要はないだろうに、流行りだからということで思考停止に陥っている？

「そんなに言うなら、買う前に気をつければよかったではないか」という読者からの指摘が聞こえる。そのとおり。

人は情報を、自分の欲しいもののように加工して受け取ってしまうところがあるし、言い訳すれば、このサイトの画像もモデルさんがポーズをつけすぎ。袖まくりしたり、体をひねったりで、服そのものの形がよくわからない。ま、いちばんは「残り一点！」にあおられて判断力を失っていたかと……。

タイムセールも、こうなると運が悪かった。セール品は返品できないのだ。

流行の形にはあれほど用心深くしていたはずなのに、失敗。それなりの選択眼を磨いてきたつもりでいて、買わせるしくみにいまだ惑わされる自分が恥ずかしい。

裁縫にトライ

首に現れる年齢をカバーする目的で、白のスタンド襟付き長袖カットソーを、セールで買って失敗した。暗い色のニットの襟ぐりから、白い襟を出す構想だが、袖が流行のボリュームスリーブのため、ニットの下に重ね着できないと、商品が届いてわかる。セール品のため、返品は不可。そうとあれば、なんとかして着る方法を考えるのみだ。目的である襟の感じは、申し分ないのである。期待どおりハイネックぎみで、首へのかかり具合がちょうどいい。

ひらめいた。袖が問題であるならば、袖をとってしまえばいいのでは。

裁ち落とした後の端を、まつり縫いで始末する几帳面さは持ち合わせていない。思い出すのは前の夏に参加した、ジムの発表会。揃いの衣装を着ることになり、Tシャツの袖を切りタンクトップに改造したのだが、そのとき「カットソー生地って、切りっぱなしでも意外とほつれないんだ」と知った。

返品が不可なら、これ以上失うものはない。イチかバチかやってみよう。

床の上にカットソーを平らに広げ、裁ち鋏を入れる。ジョキッという重めの手応えがあった。

最初の鋏を入れたら、もう迷わない。ジョキジョキと一直線に切り進め、脇の縫い目の延長上で袖を切り落とす。もう片方の袖も同様に。ノースリーブカットソーに改造できた。

着てみて、上から薄手のニットをかぶる。袖のかさばり問題はなくなっている。

しかし胴は依然、問題がある。袖のみならず身頃にも流行りのボリュームを持たせてあり、幅といい生地の量といい、上に重ねた薄手のニットよりずっとあって、防弾チョッキを着込んだみたいに（着たことはないが）ごわごわする。

さらに改造してしまおう。身頃をバストラインの下で切って、着丈の超短いノースリーブカットソーに。

それでも重ね着するとまだごわつく。アームホールがニットのそれより大きいのだ。

こうなったら仕方ない。レースを付けてある布を、デコルテ部分とその背中側にあたるところを中心に輪っか状に残し、他はすべて裁ち落としてしまった。元のカットソーから袖、身頃とだんだんに切り離していき、ついに首回りだけとなったのだ。

首に通して、左右対称になるよう肩に載せ、上からニットをかぶってみて、深くうなずく。とてもいい。ごわつき問題はなくなって、ニットからの襟の出方もいい。

結局、襟とその土台になっている部分しか使えず、切り離した部分のカットソー生地がもったいないが、拭き掃除や靴みがきなどに役立てることにしよう。

襟だけになったカットソーを、ぞんぶんに活用する気でいた。

が、難点があった。襟の輪が、肩の上で勝手に回ってしまう。

ニットの上に覗く襟の中心線が、右か左に多少ずれるくらいならまだいい。が、腕を動かして何かするうち、左右へのずれが大きくなり、気がついたらニットのラウンドネックから、襟の台座を切った端が見えてしまっている。これは非常に恥ずかしい。

「体って何もしていないようでも、結構動いているのだな」と思った。ただ歩いているだけでも無意識に腕を振っており、ずれが増幅されていく。首回りだけにしてしまわず、固定できる部分をどこか残しておけばよかったか。

後になって、はじめから襟だけのものが売られていることを知った。服のサイトで何か探していたときに、たまたまひっかかってきた。

袖も身頃もなく、襟とその土台をなす部分だけ。私がカットソーからの改造で製作したものが、商品としてすでにあったのだ。付け襟と呼ばれている。

レース、フリル、シャツのような白い生地の丸襟、角襟と、襟の種類は多様だ。デコルテを多めにとってあるので、小さな商品画像ではよだれかけのように見える。

着けたときのずれ問題はどうしているのかと思えば、画像を大きくして、わかった。デコルテ部分の左右の端から、ブラジャーのストラップを逆さにしたようなものが下がっている。そこへ腕を通し、脇の下を一周させる形で固定するのだ。

さすが既製品。よく考えられている。ストラップなら長さを調節できる。ただ脇の下にストラップが当たるのが快適であるかどうかは、別だ。付け襟の中でもストラップが付いていない商品もある。

私の製作した付け襟もどきにストラップ方式を応用するなら、ストラップの代わりにゴム紐を縫いつけるか。パジャマのズボンに入れるような白のゴム紐で、適していそうな幅のものを買ってきて、脇の下を一周させその長さに切るまではした。

その先へ着手しないまま、本来の目的であるニットから白の襟を出して着たい季節も過ぎて……。

同じ製作でも鋏で切るだけと、針と糸を持ち「裁縫」っぽいことをするのとでは、面倒の度合いが相当違うと知ったのだった。

老眼鏡がないと

金曜の夜、会合の後に蕎麦屋で食事をした後のこと。もう一軒寄る相談をしている皆さんと、店の玄関前で別れて地下鉄駅へ。改札でバッグを覗き、ハッとする。眼鏡がない。さっきの店でメニューを見るときかけた覚えが。

息せききってとって返すと「あー、幹事さんに渡してしまいました」と店の人。「今さっきお帰りになりました」。しまった、ひと足違いだった。まだ遠くには行っていないはず。追いかけたいが、その人の携帯を私は知らず、店の人も勤務先の番号しか聞いていないと。万事休す。

金曜なのがかえすがえすも不運である。勤務先に連絡のつくのは早くて月曜。その間どうしよう。スペアが家にあることはある。が、つるを破損し、片方ない状態。主たる眼鏡をどこかへ忘れてきたときのため、修理せねばと思いながら放置していた。

ガムテープで顔に貼りつけて使おうか。しかし週末を挟んで数日間ガムテープはいかにも不便。現に今夜も返信すべきメールがたくさんあるが、眼鏡なしでは字が読めない。二〇時二〇分だ。家に帰ってから修理に出しにいっては、とても間に合わない。

ひらめいた。一時間で作れるとかいう眼鏡店が、大きな駅の周辺ならあるのでは。振り向けば秋葉原の電気街が、あやしいまでの光で夜空を彩っている。あそこがたぶんいちばん近い。

駅前まで来るとショッピングビルの多さにめまいがした。が、迷っている暇はない、二一時閉店かもしれないのだ。家電量販店ながら衣料品店の看板も出ているひとつに狙いを定め、総合案内所へ。一時間でできるような眼鏡店がこの中にあるかと聞くと「一時間でできるかどうかは、混み具合によりますのでわかりませんが……」。つまり「ある」わけですね！

幸い空いており、閉店までも充分余裕があるとわかった。

待つ間つくづく思う。今の私は老眼鏡がないと、本当にどうしようもないのだ。次に自然災害が起きたら、郵便局にあるような簡易老眼鏡を支援物資に送ろう。

頭を冷やせば、ここまでの動転ぶりが恥ずかしい。蕎麦屋の人も総合案内所の人も何ごとかと思っただろう。そもそもが自分の不注意、そのために無関係の人を騒がせて。何よりも、ないとこんなに困るのだから備えをしておくべきだった。反省しきりの夜である。

元気、ときどき不調

喉の右奥の小さな違和感にはじまって、痛みが増して耳鼻咽喉科へ。昨年も同じことがあり、喉風邪の薬を飲んだがよくならず、耳鼻咽喉科で薬をもらい三日で治った。

今回も同じ抗生剤と炎症止めが処方されたが、痛みはひかず夜は一時間おきに目のさめる始末。起きて仕事はするものの、飲食物をとるのも困難に。鏡で見ると、違和感の中心部は赤く腫れ、粘膜の向こうに白いものが透けて、かなりの大きさの膿栓がありそうだ。膿栓は扁桃にできる白い粒。扁桃は細菌やウィルスと常に戦い、それらの死骸が膿栓となるが、扁桃の凹みにたまって炎症を起こすと聞く。

三日がかりで治すにしても、その間痛みをなんとかしたく、追加で薬を出してもらえないか。前日に続いてクリニックに行き相談すると「ちょっとさわりますね。膿を抜けるかどうかやってみます」。ご飯粒がふれるはおろか唾を飲み込むのさえ涙するほど痛い患部を、ゴム手袋の指でつまんで、太い注射針を突き刺したのには、卒倒しかけた。が、膿を出せば治りは早いはず。両目を固く閉じ米印に似た面相で耐える。

再び開けると、血のだらだら垂れる注射針を見つめる先生がいて、吸い出せるものではなく、薬で叩くとの治療方針を告げられる。抗生剤の点滴に通うとともに、痛み止めを服用することになった。

ああ、痛み止め。注射針の跡は口蓋垂と同じほどのサイズの赤黒い血豆となっているが、仰々しいありさまに比して、心はなんと安らかなことよ。水も飲める。食欲もわいてくる。今晩はよく眠れ、明日はご飯も喉を通りそう。がんと扁桃炎をいっしょに語っていいかわからぬが、緩和医療の先生がよく、痛みは生活の質に影響すると言うのを深く納得。

痛みのやわらいできている今は、痛みによる疲れの残りと薬疲れがある感じだ。相当に強そうな薬だし。

「扁桃以外どっこも悪くないのに」ともどかしい。が、それは考え違いで、全身の弱りが扁桃に現れたのかも。ピンシャンしているつもりだけれど、この一年も何回か不調はあった。喉元過ぎれば熱さを忘れる性格ゆえ、にわかに思い出せないが風邪、腸閉塞……。

シニアの運動能力の向上は統計の示すところだ。たしかにジムでは皆さんお若く、それでいてロッカールームでは通院の話がちらほら。元気はある、不調もあるというのが私たちのリアルなのだろう。

そろそろセミリタイア？

知人の女性がもうすぐ定年を迎える。イメージが全然わかない、何らかの方法で延長するつもりと、前は言っていたけれど、先日会ったら心境に変化が生じていた。「定時出勤がつらくなってきて」。

きっかけは、ぎっくり腰を患ったこと。しばらくはタクシー通勤していたが、給料がまるまるタクシー代に消えそうで、意を決し電車通勤を再開した。いちばんの恐怖は、降りるとき。乗客がドア口へ殺到し、われ先にと階段へ急ぐ。人の流れをどうにか脱し、階段脇の壁につかまり立ちし、人々に追い越されている間「潮どきかも」という思いが胸をよぎったそうだ。

通勤の混雑についていけなくなっているのは、私も感じる。この前も中央線の御茶ノ水駅に午前八時四〇分に着きたい用事があった。ラッシュのどまん中とは知っていたが、どこかでタカをくくっていた。二十代の会社員だった頃は、ラッシュがすさまじかった。ホームにはドアごとに「押し屋」と呼ばれる係がいて、乗りきれない人を力ずくで中へ押し込んでいた。「今朝は戸袋のガラスが割れた」と同僚から聞いたことも一度や二度でない。

あの頃に比べたら路線は増え、通学の若者は減り、働き方も多様になって、混雑は緩和されているはず、と。

甘かった。ドアが開くたび後ろからの圧は強まり、少しでも中へ入りたいが、肩を差し挟む隙もない。突然背中をどつかれて何ごとかと振り向けば、三十代とおぼしき女性がグレーのジャケットを着た腹の前に、体の厚みの倍はある黒のショルダーバッグをせり出させ、「マナーどおり荷物は前に抱えていますけど何か？」と冷たい視線を返してきた（ように感じた）。

改めて周囲を見渡し気づく。通勤客のほんどが私より若い。そういう年齢になったのだ。感慨にひたるのも束の間、血圧の低下か、めまいがはじまる。卒倒して「救護のために停車」することになったら大迷惑。未然にかがむと、周囲がはげしく揺れ動き、新宿駅に到着しドアが開いたらしい。無数の足に蹴飛ばされつつホームへまろび出、階段脇へ避難。頭を下げていたら脳へ酸素が戻ってきた感じで、同じドアから再び乗った。われながら不屈。けれどこの状況を毎日は無理だと思った。

フレックスタイムとか週三回の出勤とかで働き続けている人もいる。知人がどんな選択をするのか、見守っていきたい。

在宅ワークに必要なもの

「家で働くって結構お金がかかるね」。周囲からよく聞く声である。会社を定年になり、してきた仕事の一部を請け負うなど、ゆるやかに在宅ワークへ移行した人たちだ。

通勤のための服代や外食代は前ほど要らなくなったけど、名刺、封筒、プリンター用紙、コピー機など、会社員時代は当たり前のようにあった備品や支給品を、すべて自分で買わないといけない。「プリンターのインクが何千円もするなんて、はじめて知った」という人もいる。遅まきながらコスト意識にめざめ、宅配便の料金を調べ、交通費は安い経路を選ぶ。冷暖房費に驚いて、いちばん暑い時期と寒い時期は、図書館に行くようにした人も。

それぞれにコスト削減を試みているが、往々にして対象外となるのがパソコンへのサポートだ。月々五千円近くする定額コースに入っていたり、一万円でトラブルがあれば何度でも来てもらう契約を個人と結んでいたり。「在宅ワーカーにとってはライフラインだから、そこはケチれない」と口を揃える。

そう、今の定年前後は、仕事をはじめた後でパソコンが全社的に導入された世代であり、必ずしも習熟していないのだ。私が新卒で就職した会社も、かの懐かしい親指シフトのワープロが部署に一台あるきりだった。今の仕事に変わってしばらくも、ワープロ専用機で作成した文書をプリンアウトし、ファクスで送っていた。八十年代半ばのOA事情だ。

パソコンの普及に伴い、否応なしにデータで処理・共有する大勢になんとか適応してきたが、自分の仕事に最低限必要なワード、メール、インターネットは覚えたけれど、それ以外はからきし。パソコンを買い替えるたび、設定から人にしてもらっている。何でもまず自力で頑張ろうとする私には、めずらしい。

定額サポートにも入っている。前に単行本の一章ぶんのデータをまるまる消失する事件があったとき、出張サポートを依頼した。そのときは「データさえ救ってもらえるなら金に糸目はつけません」という心境だった。結果として救えなかったが、業者からすすめられた、月九八〇円でリモートサポートを何度でも受けられるコースに申し込んだ。

年にすると一万円以上。やめようかと思うこともあるがパソコンのトラブルが起きるたび「入っていて助かった」。

払えるうちは必要経費と割りきるつもり。でも他の業者と比較検討はしていいかも。

家計簿アプリ

月に一回銀行へ記帳に行くことを習慣としている。使っている口座は四つあり、クレジットカードや公共料金などの引き落とし用、ローンの返済用、仕事先から振り込まれてくる口座が二つ。三つの銀行に分かれており、月末になると通帳を持って回り、入出金を印字する。

いちばん下の行に出る残高を見るのは、ドキドキだ。クレジットの利用額が意外にかさみ、翌月早々にあるはずの税の引き落としが危うくて、別の口座から急いで移す。四つの残高を足し算引き算しない限り、全体として増えているか減っているかもわからない。

「家計簿アプリがあるんですよ」。知人から教えられた。クレジットカードと銀行口座を登録すると、それらすべてを合わせた変動が、家にいながらにして日々つかめる。電卓を叩く必要はなく、数字の他にグラフも示されるので、ひと目でわかると。それは便利！

スマホの画面は見づらいし、落とすと困ると逡巡（しゅんじゅん）したが、パソコンにも入れられるという。家計簿アプリにもいろいろあるが、「資産の状況を、ざっくりと知りたい人向け」と知人のすすめるものを試すことに。手はじめにクレジットカードを登録すると、「登録しています」という現在進行形で宣言したまま、一〇分以上止まっている。しびれを切らしてパソコンを離れ、戻ってくると、完了していた。やり方はわかった。銀行口座の方は後日としよう。

このアプリがなかなか面白い。いくらいくらの出金がありました、とメールでパソコンに知らせてくる。覚えのない引き落としがあればすぐわかり、カードの不正利用のチェックができそうだ。

銀行口座とはまだつなげていないので、引き落としのあるたび、資産のグラフはゼロから下へどんどん落ち込み、負債が累積中である。見た目のインパクトがあるので、消費の抑制効果はありそうだが、状況の正確な把握ではない。そろそろ登録してみるか。

ところがここでつっかえる。「お客様番号ってこれのこと？」。通帳にある口座番号を入力しても顧客コードを入力しても、先へ進めない。

知人に聞くと「あー、言い忘れた、インターネットバンクであることが前提でした」。彼女の口座はすべてインターネット上のものにして、紙の通帳はまったく持っていないという。

私も手続きすればできるが、そこまでして日々の変動を知らなくてもいいかなと思う。お金に関する情報をすべて集結させることへの不安もある。

知人によれば、家計簿アプリそのものにはインターネットバンクと同じくらいのセキュリティがしてあるらしい。が、私のパソコンの方が心もとない。インターネットの画面にするたび「このパソコンは保護されていません」という脅しだか警告だかが出て、リスクを容認するか、今すぐ修正するかを選べと迫る。とりあえず後者をクリックし、そのつど「修正しています」と言う割に、次に起動するとまた同じこと。警告そのものが怪しいのではとの疑念を抱く。

当面は紙の通帳記入でいこう。月一回のドキドキも刺激になっていいものだ。

住みたい老人ホーム

新聞に載っている老人ホームの広告はつい熟読する。それぞれのうたう特徴に、深くうなずく。リハビリの充実にはかなりひかれる。街に出やすい立地かどうかも気になる。食事はむろん、おいしいに越したことはない。ああ、でも、どれかひとつの条件を選べと言われたら、今の私は迷いなく、医療との連携に力を入れていることを挙げる。

体調管理が不十分でお恥ずかしいが、喉の炎症が治っても、それだけでは収束しなかった。薬の副作用から胃潰瘍になり、飲食がほとんどできずに脱水症状へと展開。そう整理できるのは、後になってのこと。ただ中で感じた症状は、ふらつきだ。

それが空腹によるものか低血圧か、薬のショック症状のようなものか、はたまた単に気のせいか、自分ではわからない。一日寝ていて「こうしていても治るものではない」と受診を決意。

「いきなり大病院はおおごとだから」と近所のクリニックへ這(は)うように行き、脱水症状に対する点滴を受けるも改善せず。帰宅後やはり放置できないと、大病院へ行くことにしたが「救急車はおおごとだから」とタクシーを呼ぶ。そこでも改善せず、再び元のクリニックを受診し追加の点滴で落ち着くまで、出たり入ったりを繰り返す。

その間、診察券を探したり、喉の炎症以来の投薬の履歴がわかる書類を揃えたり、タクシー代はあったかと財布の中を確かめたり。大病院で横になって受診を待っているときも「紹介状をお持ちでないので、五四〇〇円が別にかかりますけどよろしいですか」との事務員の問いに、かすれ声で「はい」と答えるのだった。

それらすべてをベッドに寝たままできたなら！　自力での移動や諸手配なしに！　ナースコールひとつでホームに常駐の看護師さんが、ベッドサイドまで来てくれて「血圧は正常です。脱水症状かもしれませんね」などの判断をし、提携のクリニックの医師が往診し処置してくれる。病院に住むようなイメージだ。「私が老人ホームに望むのはそれだ」とハッキリわかった。

しかし冷静になれば、一年のうち体調不良に陥る日は限られる。その何日かのため他の条件に目をつぶるのも、現実的でないような。今はまだ介護より体調不良の方がリアルだが、年をとれば介護の質の方が気になるかもしれず。

将来を想像するって難しい、と改めて感じた。

投資用マンション

進んで口外することではないかもしれないが、老後を話題にする以上言ってしまおう。投資用マンションといわれるものを、私は一八年前に購入している。

金融機関の破綻や公的年金の危機が報じられ、なんとなく不安だった頃。年金代わりにとうたう新聞広告を見て、資料請求した。港区にある新築の1DK、約二〇平米。内覧に行くと、目の前の道路が地下鉄の工事中で騒々しいが、ほどなく完了し、すぐそばに駅ができるとのこと。

財テクにうとい私は、利回りという尺度で不動産を検討するとか、周辺の物件の取引状況を調べるとかの発想はなかった。購入を決めたのは、たぶんに感覚的で「地方出身の二十代の女性も知っていて、憧れそうな町名」だから。

年下の知人の女性が「東京勤務の間にいちどはどうしても青山に住みたい。自分の住所に青山と書きたい」と言っていた。私の物件は青山ではないが、ファッション雑誌によく登場する町名。同様の人はいそうで、その動機だと築年数は問わずに、古くなっても住んでくれるのでは。

購入にあたり一五年のローンを組んだ。一五年なんて何がどうなるかわからないが、平成もすでに一二年過ぎた。一五年だってあっという間。

なのに一年経たずに大病を患い、入院して無収入の月もローンは出ていく。「あの買い物、失敗だったか」と思ったが、ローンの半分は家賃収入を充てられるので、なんとか払い通す。やがて、あのリーマンショック。仲介業者からは「少子化もあり今後も価格は下がる一方。今のうちに売れ」と急かすはがきが矢のように来る。そうこうするうち大地震まで起きたが、いずれも特段の影響はなかった。

入居者は、契約前にドタキャンされてしまった三ヶ月を除き、ほぼ途切れず、それを思えば成功か。が、購入時の諸費用、ローンの利息、固定資産税、管理費、賃貸手数料、修繕費などを考えると、私の判断力を超える。年金の足しになったかどうかの評価も、年金生活がまだのため下せない。

今は「東京オリンピックが終わると暴落する。今のうちに売れ」と脅かすはがきが、やはり矢のように来ている。そうかなと思い現地へ行けば、駅前のショッピングモールといい雰囲気に融和しており、建物も充分きれいで、手放すなんてもったいない！　好きという感覚を第一に、当面は持ち続けていくつもりだ。

備えと美観

前にテレビをつけたとき紀行番組を放映していた。民間に仏像が多く伝わる地域とのことで、おばあさんの暮らす家を研究者が訪ねるところだ。

私は画面を目で探す。仏像はどこ？　こたつテーブルに雑多なものが積んである。よく見ると、腰痛の貼り薬の袋の上に、小さな仏像が。おばあさんは人なつこく朗らかで、研究者のおかげで、ずっと気になっていた仏像が何だかわかってうれしいと笑顔だったが、私は仏像よりテーブルが気になって仕方なかった。

旅番組に映る高齢者の住まいでよく見かける。ふだんからよく使う、ありとあらゆるものが載っていそうなテーブルだ。薬袋、湯呑み、血圧計、体温計、ティッシュペーパー、孫の手、リモコン、チラシ、回覧板……。ヘルパーさんが来ても何がどこにあるかわからないのでは。整理整頓されていないのは火事のリスクのひとつと、前に消防訓練で聞いた。電熱器の上に紙が落ちるなどだ。緊急時に脱出の妨げともなりそう。

が、胃潰瘍を患ってわかった。体調に不安があると家は散らかりやすくなる。

今回特にこわいと思ったのは脱水症状だ。経口補水液は前からベッド下の引き出しに、ハーフボトルを一本備えていた。が、今回よく読んだら、一日に必要な摂取量はハーフボトル二本から四本。惜しみ惜しみ飲んでいる場合ではない。胃潰瘍が治りきらぬうちから一二本買ってきて、とりあえずレジ袋のまま床に。薬とそれを飲むための水のペットボトル、血圧計と体温計もベッド周りへ。おばあさんのテーブルと様相が似てきた。

いざとなったらすぐに着替えて病院へ行けるよう服、コート、バッグ、そのまま入院したときのため携帯の充電器、仕事の書類、資料、本も。

「使ったら元の位置へ戻す」という原則は崩れ、手の届く範囲にモノが集結する。「夜中にトイレへ行くとき、この状況を忘れて歩き出したら転ぶな」と思った。

胃潰瘍がよくなるにつれ片づいてきたが、経口補水液は手放すのがこわい。ベッド下の引き出しに入りきる量ではないので、布製の収納ボックスに並べベッド脇に常備。「床にモノを置かない」原則は放棄したことになる。忘れてつまずかないようにしなければ。

いざというときに備えたいのと、それがため安全と美観を損なう悩み。美観の方は少々譲らざるを得ないかも。

空気の質

知り合いの夫婦が定年を機に、東京の隣県の一戸建てから都心のマンションへ引っ越してきた。電車の吊り広告ではよく、老後は自然環境に恵まれたところで暮らしてはと、田園地帯の温泉付き住宅などを宣伝しているが、逆といえるパターンだ。

移ってきた理由を妻の語るに、だんだんに車の運転が負担になるだろうから買い物の便がよく、書店や、その気になれば音楽堂へも歩いていけるところに住みたいと思ったと。実際に住みはじめた感想は、「いいけど、空気は汚いなって」。前の家のときとは、洗濯物の匂いが全然違うとのこと。

空気云々とは意外である。が、今ほど薬のない時代は、療養のため空気のいいところへ移ることもよくあったと聞く。喘息（ぜんそく）に悩む人は今でもそうだろう。健康で快適な生活をする上で、結構だいじな評価項目なのかもしれない。

空気の質をふだんあまり気にしていない私も、言われて思い出す。上田市に一泊したときのこと。翌朝早い電車で上田から先へ行く予定があり、夜遅くに新幹線で到着。改札を出て駅前広場に立ったとき、新幹線に乗る前とははっきりと違うものを感じた。

空気が冷たい。いや、それだけでなく澄んでいる。何と言うか、息を吸うと、すーっとする。鼻の穴の通りがよくなったような錯覚にとらわれるほど。

見たところは何のへんつてもない駅前だ。コンビニ、ファストフード、チェーン店の居酒屋の灯り。ビジネスホテルと消費者金融の看板。東京の山手線の駅にもよくある風景だが、それと、東京にはあり得ぬ空気のきれいさとのギャップに驚く。

翌朝はその風景に山々が加わった。晴れわたった空のもと、薄紫に輝く頂き。私の自宅からは背伸びしたって見えない。

水や空気のように、との喩えがあるが「この町の人は毎日当たり前のように、この風景を目にし、この空気を吸っているのだろうな」と思った。

逆に、この町の人が東京に行ったら、空気の中にいささかの濁りとともに海を感じるかもしれない。前にテレビで海のない県の出身のタレントが、子どものときはじめて行った海の印象を「冷たいおにぎりみたいな匂いが、ずーっとしていた」と表現していた。言い得て妙。焙りたての海苔でなく、ご飯の水分で湿った海苔。すなわち磯の香りである。

銀座の繁華な交差点でも、風向きによっては濃く漂う。東銀座に行くと、海苔よりも魚の匂いがまさる。築地市場のためだろう。移転によって、町の匂いも変わるのだろうか。

そう、町の空気は、立地という所与の条件のみによるものではない。人の営みも影響する。

冒頭の妻は、引っ越したことには後悔していないという。いいことずくめとはいかないのは承知の上。移住の目的である利便性の方を享受し、洗濯物の匂いには目を（鼻を？）つぶる。その上で、車に乗るのは予定よりも早く止めて、自分の住むところの空気をこれ以上汚さないようにするつもりと。自分サイズの空気の守り方である。

温度の問題

ひとり暮らしの快適さについて、女性三人で語っていたときのこと。「時間配分を思うとおりにできるし。温度も……」。ひとりの言いかけたことに「ああっ、温度！」「そう、温度！」、私を含む二人が身を乗り出して共感した。

他の人のいる空間では、エアコンの温度設定を自分の一存で変えるわけにいかない。特に夏の冷房は、たいていの女性ががまんをしているのではなかろうか。

電車の中からしてそうだ。混雑する時間帯は、蒸し暑いことはあっても冷えすぎのおそれはないだろうと思って乗ったら、あまかった。エアコンの強風が頭皮へ至近距離から吹きつけて、体温を奪っていく。満員なので左右にずれることもできない。帽子を被ってくるべきだった。防御のため、首回りの肌にハンカチをあてがい、じっと耐えている女性もいた。

いちばん警戒するのが、出張で泊まらざるを得ないビジネスホテルだ。以前あんまり寒くて、フロントに電話したところ、全館空調のため部屋ごとに上げ下げはできないという。できる限りの重ね着をして寝たが、ひと晩で喉ががらがらになった。

その後、宿の検索サイトで探していたら、客室の説明の中に「個別空調」なる文字を発見。部屋ごとに設定できることを、こういうのか。それがわかっただけでも助かるが、一軒一軒の宿につき、客室の説明までひらいて「個別空調」の文字の有無を確かめるのは煩雑だ。絞り込み条件に、「朝食付」「禁煙」「インターネット可」などと同等に「個別空調」も設けてほしい。

交通の便、価格など他の条件が全て揃いながら、「個別空調」の文字のない宿があり、あきらめきれず電話して、部屋の温度を自分で設定できるかと聞くと「はい、そうです」。なら書いた方が絶対得なのに。記載がないばかりに、女性客の何割かを逃していそう。「個別空調」とわかった後は、エアコンとベッドの位置関係だ。風がまともに吹きつけるかどうか。客室の画像を拡大して、何とか情報を得ようとする。

平米数も参考になる。九平米とかだと、逃れようがないだろう。夏に限っては千円くらい高くても、直撃を免れそうな広さの方を選ぶ。背に腹は替えられない。

温度の問題。それほどまでに大きいのである。

年末年始の過ごし方

「年末年始のご予定は?」。その時期が近づくと、挨拶代わりに交わされる会話だ。年長者の多くが「特に何も」。

いわく、若いときはめったにとれない長い休みは海外へと、成田で列をなすのをいとわず出かけた。結婚後は家族サービスの時間と割り切って、子どもが小さいうちは、親に孫の顔を見せに帰省。学校に上がってからは、会社と休みの重なる年に二回きりの機会、スキーに連れていくなど思い出づくりに励んだ。

今は子どもたちも大きくなって、それぞれに予定がある。自分の行きたいところはあるが、勤めも前より自由になって、年末年始でなくても休めるから、何もいちばん混雑し、いちばん高くつきときに出かけなくていいと。フリーの私はとても共感。

介護のまっただ中で家を空けられない人もいる。

介護がなくなり経済的にもゆとりがあると「定宿が近場にあって、正月はそこで迎えることにしている」という人もちらほら。前は、家でゆっくりするつもりだったが、おせち料理だ飾り物だと、やっぱり何かと準備がある。来客の心配もしないといけない。だんだん負担に感じてきて、大晦日から旅館に泊まることにした。年越しそばも雑煮も上げ膳据え膳。それもすてき。

私も親のいた頃は、年末年始ホテルに滞在することに憧れた。交通機関は満杯だろうから、都内のホテルで。

が、介護が終わり、現実的にできる立場になって考えると、ホテルの部屋で何をする？読書だけでは集中力が続かないだろうから、合間に領収書の整理を進めるか。確定申告に向け、二月早々税理士さんに送ることになっている。

しかし途中で必要なものが出ると、家に取りに戻らないといけない。いっそ家にいる方が、持っていくものをあらかじめ全部揃えなくてすんで、面倒がないかも。食事をとるタイミングも空調の利き具合も、好きにできるし。

正月から領収書の整理なんて無粋なようだが、世の会社の稼働日数は少なくとも、月末までに自分がすべきことの量は変わらない。後でまとめてより、平均して少しずつしておく方が結局は楽。要は「頑張って楽しむよりも疲れない」方法を、私を含め皆さん模索しているのでは。

私も仕事量が今より少なくなったら、楽しむことに貪欲になるかもしれない。年末年始の過ごし方は、これが最終形ではなさそうだ。

正月に目標を立てる

正月は歯ブラシを新しくしたくらいで、節目らしきものなく過ぎてきてしまっている。ひとつけじめを、と今年の目標を立てることにした。

①本を読む。特に人文書を読む必要をひしひしと感じる。毎年同じ目標を掲げているのは、実行できていないからでお恥ずかしいが。

本を読むのは物差しを増やすことだと思う。学校の勉強はいろいろな物差しを与えてくれたが、卒業して三〇年以上たつのだ。

この三〇年で私のモノサシを古びさせたであろう決定的なできごとに、IT革命とバイオテクノロジーの発達が挙げられる。SNSで個人と個人が直接つながる今、個人―家―地域―国家といった順番で社会関係を考えるモノサシはもう通用しなそうだ。基本単位の個人にしたって、かつては「この体の中に入っているのが私」という感覚的なとらえ方で割といけたが、バイオテクノロジーが進むと、どこまでが「自分」か怪しくなる。

年をとると、なまじ体験は積んでいるので、それを基準にものごとをはかりがち。物差しの更新を心がけねば。

②体調管理をより真剣に。正月に、確定申告に向けて領収書を整理したら、医療機関のものがずいぶんあった。耳鼻咽喉科、内科、救急外来……。自分を病気がちと思ったことはなく、特に昨年は人生でもっともよく運動した。健康な私というイメージと受診状況とのギャップに驚く。

私の毎日を図にすると、生理的必要時間を除く時間は、仕事、家事、運動の三つでほぼ塗りつぶされるが、第四の項目として「疲労回復」のため時間を相当、意識的に設けるべきでは。

受診に至った原因が過労とは言い切れない。喉の炎症を治す薬の副作用が胃に来たなど、不可抗力的な面もある。が、発端である喉の炎症は、疲れによる免疫力の低下が原因かもしれず、注意するに越したことはない。

③自分の心配ばかりしない。老後は不安だが、他方、仏教文化のもとに育ったせいか、「自分がこの時代のここで日を送っているのは、ほんの偶然」という意識もどこかにある。難民のニュースを見ると「自分がそこに生まれていたかもしれないな」と。二〇一八年のノーベル平和賞の関連で、紛争下の性暴力の記事を読んだときは、動悸がしてしまった。何らかの協力をせねば！

堅い話になってしまった。年頭の所感としてお許しを。

いっきにするのは無理みたい

確定申告が近づいてきた。

簡単にできるアプリが今はいろいろあるようだが、私はアナログ。「袋分け」が基本である。

支出の費目別に九枚の小封筒を、月初めに用意。仕事に関するレシートは、どんな少額でも捨てずに、使用目的を裏に書く。セルフサービスのコーヒー店のレシートなら「×社×氏　××誌取材の待ち合わせ」と記し、取材費の封筒へ。電車やバスではレシートは出ないが、出金伝票に「支払い先　東京メトロ　四ツ谷〜永田町　165円」などと記入し、交通費の封筒へ。月末に、封筒ごとの合計額を算出する。

費目別の大封筒も用意してあり、こちらへは算出の済んだ小封筒を入れる。そのつど累計額を、大封筒の表に記し、一二月末には各費目の年間合計が出るしくみ。収入の方は税理士さんが支払調書にもとづき算出するので、私の作業のメインはこのレシートの整理である。

正月休みにレシート類のファイルボックスを開けて、深い溜め息をついた。「こうなっていたか……」。先述のしくみは理想であって、現実は、三月分まで大封筒に移してあるが、四月から九月は、小封筒へ入れただけで、裏書きも算出も手つかずだ。一〇月以降は、月別にはなっているが、費目未分類のレシートが混然とした状態。これらをなんとか休みのうちに成敗せねば。

レシートの日時と店名に含まれる地名、手帳に残る、いつ、誰とどこで会ったかのメモから使途を判断。照合、記入の済んだ後は、電卓をひたすら叩く。意思の力で続けても打ち間違いが頻発し、作業効率が落ちているのが如実にわかる。三回やって三回とも合計額が違うと「限界だ。明日にしよう」。叩けど叩けど終わらずに、この遅々たる進みようでは、松過ぎまで持ち越すのではと案じられた。

どうにかカタを付けたものの「時間がかかるようになっているな」。そのことにも愕然(がくぜん)とする。若いときは確定申告締切の前日に着手。指が腱鞘炎(けんしょうえん)になるかと思うほど叩き抜き、徹夜明けでフラフラしながら税務署へ持っていった。あんなリスキーなことはもうできないし、パワーもない。

自分にとって、熱さが「喉元を過ぎる」期間もわかった。まとめてやっつけるたいへんさが、昨年の正月も身にしみて、三ヶ月間は改心していたのだ。封筒のようすが示している。

今年こそは、そのつど整理するつもり。

続けていないと、できなくなる

正月明け、一〇日ぶりにスポーツジムへ行った。先月は週一回通っていたので、少し間が空いた。

参加するのは、いつものダンス系フィットネスのレッスンだ。いきなり動いて筋違いでも起こしてはいけないと、事前に入念にストレッチをする。音楽が流れてレッスン開始。とまどった。ウォーミングアップはその場でのステップからだが、体がやけに重い。テンポもこんなに速かったっけ？

右へ二歩、左へ二歩とステップに横移動が加わると、反射神経の鈍さに愕然。「えっ……」といちいち棒立ちになってから踏み出すので、周囲より必ず遅れる。足をクロスさせての横移動では、自分のかかとにつまずき転倒しそうに。「かっこよく踊ろうなんて思うな、とにかく怪我をしない、人にぶつからない」。それだけを念じ必死でついていく。

ウォーミングアップが終了した段階で、すでに息が上がっていた。たった一〇日、間が空いただけで、こうも動けず、こうもきついとは。

この年になると体力は資質ではなく、習慣によるところが大きい、と思う。継続的に行うことで作り出す一種の「状態」であると。

小学校の頃はかけっこ、ドッジボール、タイヤ跳び、何をやらせても強い子がいた。そういう子は冬も薄着で、風邪で休むことなんてなかった。

筋繊維の本数など先天的な要素はあろう。が、年をとるにつれ平等化してくるというか、持って生まれた条件よりも「運動しているか否か」がいちばん関係するのでは。

日頃よりジムに行くたび感じるのが「しょっちゅう来ている人にはかなわない」。私より年上で、アスリート体型ではまったくなく、動きもおとなしめのご婦人が、レッスン後お知り合いと「今日これで三本め」などと話していて驚く。三つも出たの？　私なんてひとつで疲労困憊しているのに。でもって「また明日ね〜」と元気に手を振り帰っていくのだ。信じがたい。習慣化していると体の使い方がわかっており、無駄なエネルギーを用いずにすむのか。

考えてみれば体力に限らず、計算能力、漢字を書く能力など能力全般にいえそうだ。続けていないと、できる「状態」を保てない。

その後週一、二回の参加をひと月近く続けたら、まあまあ動けるようになってきた。取り戻すことのできるのが救いである。

銭湯で休まる

しばらくぶりに銭湯へ行った。銭湯には、学生時代と会社勤めをはじめてすぐの計六年間、世話になっている。あの頃は内風呂のない家も多かった。赤ちゃんのおしめを脱衣所で替えていたり、「出るぞー」と妻子に呼びかける声が男湯から響いたり。バブルの足音がすぐそこまで来ていたなんて信じられない。一九八〇年代半ばの光景だ。

六年間も通うと、人生の一部になる。五十代になってもときどき近くの銭湯へ行っていたが、「えー、廃業したの」と洗面道具を抱えて立ちつくすことが続いた。

今回は電車に乗って、沿線の駅から歩いていける銭湯へ。雨の夕方、傘を傾げては町名表示を確かめつつ、細い狭い坂を下る。カウンター式の番台でお金を払い、奥の女湯入口へ。

のれんをくぐり、硝子越しに洗い場を見て「洗髪はやめておこう」と思った。先客は三人。脱衣所のドライヤーはおかま式とハンドの二台。同時に上がったら足りなくなる。

カランは計四列だ。背中合わせの二人はお互いの湯がかからぬよう絶妙な位置取りをしている。体つきから五十代、三十代らしき二人、奥に総白髪の八十代とおぼしき人。

体はすぐに洗い終わってしまったが、三人は頭からつま先まで泡だらけで、耳の後ろや足指の間もこすっている。髪すら乾いたままの私は、真剣さに欠けるというか、遊び半分で来ていると思われそうで気後れするが、それは取り越し苦労。皆さん自分磨きに余念がないのだった。

熱めの湯にそろりそろりと身を沈める。壁絵は富士山に松島を配した、これぞニッポンというべき風景だ。広告板には「地元の皆様、困り事をご相談下さい。高いところの蛍光灯一つからお取り替えします」。こんな電気店がわが町にもあってほしい。湯ぶねから眺める洗い場の白タイルは、掃除が行き届いてきれいだ。

脱衣所で休憩。銭湯だからって見知らぬどうしいきなり背中を流し合うような、ふれあいのあるわけではないが、なんか休まる。あのおばあさんも高齢で銭湯通いはたいへんかもしれないが、入浴中に人目のあるのは安心では。

後から上がってきた人はレインコートを着た後、ロッカーの中の雨滴をティッシュで拭いて帰っていった。さすが。

ロッカーの上にはまちまちな洗面道具が二〇ほど。少なくともその数の常連さんはいるのだ。私もまた来よう。

ワイルドな地へ、まだ行ける？

二十代からの念願だったシルクロードへ旅した人が、少々がっかりして帰ってきた。憧れと現地とのギャップに、ではない。旅先での自分に、だ。

遊牧民が人なつこい笑顔で干しブドウを握らせてくれる。夢に描いたシチュエーションだが、埃まみれの果皮と汚れた指に怖じ気づき、口に運ばずポケットへ。なおもすすめられ、ひと粒食べて「ホテルに帰ったら腹薬を飲まないと」。雄大な自然の中にいながら、小さなことばかり気にしていたという。

激しく共感。年とともにさまざまなことへの耐性が弱くなっている。衛生面、暑さ寒さ。陽ざしに疲れる、でこぼこ道の振動がつらい。調理に使われる油の質や、人によっては塩分とかプリン体にも敏感にならざるを得ないだろう。若いときのように「何でもいい」とはいかないのだ。

三十代の半ばまで、インフラの整っていない国への仕事が結構あった私は、適応力のある方だと思っていた。蛇口から赤っぽい水が出ても、慌てず騒がず。バスタブの栓がなければ、テレホンカードの上に石を載せて代わりとする。テレホンカードというところに、時の流れを感じてしまう。もはや過去の遺物か。

四〇歳でシベリアへ行ったとき、セルフイメージは大きく揺らいだ。市民交流団のひとりとして森林の視察を目的に、都市部からヘリで山間部へ。丸太小屋にベッドはなく寝袋で、水道もないので洗顔などは湖で。そう聞いても驚かず、団員からは「落ち着いている人」と評された。

二泊して都市部へ戻る日、悪天候でヘリが来られず、もう一泊と知らされる。そのときの落胆は、自分でも意外なほどだった。湖に歯をみがきに行っても、そのシチュエーションを面白がれない。汀（みぎわ）に危うく踏ん張って、へっぴり腰で口をゆすぎながら「歯ひとつ磨くのに、こんな不安定な姿勢をとるなんて」。

ホテルでのうのうとすることを、いかに楽しみにしていたか、何でもないフリをしながら、いかに無理していたかを知る。ワイルドな地への旅には、適した年齢があるのだろうか。急がねば。あるいはもう遅すぎる？

「いや」。楽観が盛り返す。私たちの先を行く団塊の世代は、好奇心旺盛で、体力は年齢なりだろう。二つに応えるツアー商品を、業界は開発しているはず。どんなところへもその年なりの旅の仕方はあると信じよう。

頑張りすぎないひとり旅

数年前からひとり旅を再開している。二十代の頃は、仕事をやりくりしては出かけていた。最小限の荷物でフットワークを軽くして、行く先はなるべく観光地っぽくないところ。「意気がっていたものだな」。今考えると赤面する。そうすることが旅慣れた人であり、カッコイイと思っていた。

やがて仕事が忙しくなり、病気や親の介護もあって、いったんは旅から遠ざかった。再開のきっかけは、五十代に入り親の介護が終わって、しばらくしたある日のこと。出張先の神戸で、いつものように十分でも早く東京に着く新幹線に乗ろうと焦っていて、はたと気づいた。そんなに慌てて帰らなくても、誰にも迷惑はかけないのだと。介護中は家を離れることそのものに後ろめたさを感じていたが、その必要はもうないのだ。人によっては介護を子育てと置き換えることができるだろう。それらにひと区切りつき、自分の時間を作れるようになった今こそ、旅の第二の適齢期。人のペースに合わせることの多い日々だったから、気ままに動けるひとり旅がいい。

若い頃に旅した経験があっても、そのときと同じスタイルが自分に合うとは限らない。

宿を例にとれば、二十代では極端な話、寝られさえすればよかったが、今はある程度の静かさや快適さが欲しい。体力も昔とは違う。荷物を抱え通しの移動はつらいし、荷物そのものも前より多くなった。安眠できるパジャマとか、好きな香りの紅茶とか。総じていえば、今したいのは、頑張りすぎないひとり旅。その点では再デビューであっても、ひとり旅の初心者に近い。

行き先は、そこそこ観光地であることを求める。観光案内所があったり駅に地図が置いてあったりで情報が得やすく、トイレやコインロッカーが整備されている。ひと休みできる店もある。車の運転をしない私には、交通の便が比較的いいのもありがたい。最近行った中で例を挙げれば、温泉まで路面電車ですぐの松山、渓谷美と町とが歩ける範囲にまとまっている山中温泉、坂がなく自転車でも疲れにくい佐賀などだ。観光地っぽくないところに行きたがった若い頃は、失敗もした。冬の北海道のこと、私以外乗客ゼロの船で着いた村では、次のバスまで二時間もある。吹雪の中、喫茶店ひとつなく、漁具の倉庫であったらしき古い小屋に入って寒さをしのいだ。あんな旅はもうできないし、してはいけない。ひとつ間違えば危険だし、何かあったら迷惑をかける。

宿探しは、ネットが便利。人数の欄に1と入力し先へ進めなければ、ひとり客は受け付けていないとわかる。民宿も味があるだろうが、自分の空間を確保したい私はビジネスホテルか、シティホテルの早めの予約で安くなるプランをよく利用する。ぜひに泊まってみたい旅館は、ネットでは二人以上となっていても電話で相談することもある。

現地では何が何でもひとりで行動することにこだわらない。那覇では町歩きのツアーに参加した。迷路のような裏道にもガイドについて入ることができ、ひとりで回るよりディープな旅になったと思う。現地募集のツアーは、直前の申込可や予約不要のものもあり、気ままなひとり旅と相性がいい。

二十代の頃の旅の仕方に比べれば、小ぢんまりした感はある。が、自分の時間を持ちにくい日々を経た今だから、満足感は大きいのだ。

まち巡りバスで楽々

用事で鹿児島へ行くのを機に、ひとり旅を計画した。用事は一日目の夜に終わる。二日目は近くの温泉地に宿を予約。市内から温泉地へは、チェックインの時間に着くのにちょうどいい午後二時頃の列車の切符を購入した。

それまでの半日、どう過ごそう。

せっかくだから市内を観光したいが、おそれるのは列車に乗り遅れること。土地勘のない場所だ。観光地間の移動に思いのほか時間がかかり、間に合うよう駅に戻れないと困る。半日ツアーに参加すれば、そのリスクは避けられる。那覇をひとり旅したとき、半日ツアーがとてもよかった。

鹿児島はどうかと、前もってネットで調べると、ある！　定期観光バスの半日コースだ。西郷隆盛の銅像や最期の日々にたてこもった洞窟などを窓越しに見て、城山やお殿様の別邸である仙巌園では下車して観光、桜島へもフェリーで渡る。九時頃に出て、午後一時過ぎに駅に到着と、時間的にちょうどいい。

予約へ進もうとして「ちょっと待った」。九時集合に、私は起きられるか。

時間的には充分可能。が、体力的にどうだろう。前日は早朝の飛行機で鹿児島に着き、夜までずっと用事が続く。疲れが残り、もっと寝ていたいところを、「申し込んであるから」と無理やり起きていく感じにならないか。

天気も心配。予報では雨だ。ツアーの写真で見る桜島の展望台は、屋根がなさそう。疲れたところへ傘をさして歩き回っては、風邪を引くのでは。

予約しておき、その日の朝の状況次第で取り止めてもいいのだけれど、キャンセル料がかかるとなると、貧乏性の私は頑張って参加してしまいそう。ゆっくりするのが、旅のいちばんの目的である。「しばり」を設けずにおくことにした。

果たして二日目は遅めに起き、寝足りた体で駅へ出る。コインロッカーに荷物を置いたのが一〇時半。

外は小雨がぱらついている。仙巌園だけ行ってみるか。本降りになったら、売店とか休憩所など逃げ込むところがありそうだし。

路線バスのどれで行けるのかと、案内板を見れば、まち巡りのバスがあった。路線バスのひとつで、市内の観光地をおよそ六〇分で一周するらしい。「これなら必ず駅に戻って来られる」と乗ることにした。

正解だった。桜島こそ行かないけれど、西郷銅像、洞窟、城山、みんな通る。車内放送で説明も流れ、切腹のときには従者に「シンどん、シンどん、もうここいらでよか」と言い、襟を正して宮城の方を向いて介錯を受けたとか。乗り間違いのおそれがないので、とても便利で、この日と温泉地から戻ってきた日と計四回乗り、アナウンスのさびの部分をほぼ覚えてしまったほどである。

知らない町での頼もしい味方。これからも状況に応じて半日ツアーと使い分ける形で、ぜひ活用したい。

三九〇円の温泉

出かけた先の鹿児島市で、帰りの飛行機まで時間が余った。体力の衰えを感じる私、知らない町をうろついては疲れると、早い便に変更することも考えたが、それももったいないような。

駅近くのコインロッカーに荷物を置き、桜島へ行ってみるか。フェリーはしょっちゅう出ているそうだし、乗れば一五分で着くというし。

誤算だったのは風の強さ。フェリーを降りるやコートがあおられ、春なのに体の熱が奪われていく。バス停の案内によれば、あと一〇分で島めぐりのバスが来るらしいが、立っていると正面から風が吹きつけ、一〇分間持ちこたえられそうにない。「ここで無理すると風邪を引く」。観光を何もせぬまま、来たフェリーでとって返した。

市街地へ戻り、ともかく冷えをどうにかしないと。地図によると、駅近くに銭湯があるようだ。

探して、危うく見過ごすところだった。東京によくある、お寺ふうの屋根を持つ銭湯と違い、ごくふつうの建物。引き戸を開けるとぶつかりそうな近くに番台があり、七十代とおぼしきおかみに、入浴料三九〇円とタオル代を払う。「石鹸は？」と問われ、朝方も宿のお風呂に入った私は「いいです」と言うと「注意書きもしてあるけどね、湯ぶねに入る前には石鹸で体を洗って！」。すみません……。

脱衣所はロッカーが三〇ほど。赤ちゃん用ベッドやマッサージ椅子もあるので、手狭な印象だ。洗濯機には、常連さんの忘れ物という、肌色のゴム製の腰痛ベルトが掛けられ、ローカル感満載である。ロッカーに鍵はなく、代わりに貴重品ロッカーがあり、鍵を番台で借りるしくみ。鍵には白いゴムがついていて、髪をまとめるのにちょうどいい。銭湯に来るなんて予定になかったので、洗面道具を何も持っていないのだ。

この銭湯が「当たり」だった。洗い場の床も壁も、昔ながらの焼き物のタイル。吹き抜けの天井近くには、なぜか美人画のタイル絵があり、レトロ感も満載だ。そして湯は、なんと温泉。三九〇円で温泉につかれるとは。芯から温まり、駅へ向かう途々（みちみち）もコートが要らないほど。

誤算もあれば、予定外のおまけがつくこともある。ちょっと頑張って旅してよかった。

海に面した露天風呂

ひとり旅だと、夜は外へ出かけずに宿の部屋で過ごすことが多い。温泉地なら湯めぐりをするけれど、それ以外は国内であっても知らない町はちょっと心配。

那覇でもそうするつもりだった。昼はふつうに観光し夜は早々に寝てしまおうと。が、旅の直前、沖縄に詳しい人から「那覇にも温泉がありますよ」。

那覇空港の近くにある、外周道路がわずか一・四キロの小さな島。近年、観光開発が進み、ホテルと温泉施設、商業施設ができている。露天風呂は完全なるオーシャンビュー。湯につかれば水平線と一体化し、夕陽は特に絶景だ。島といっても海上道路でつながっていて、市の中心部から車で三〇分足らず、日帰り入浴可とのこと。行ってみよう！

ひとり旅だとタクシーは高くつくし、運転手さんと一対一なのが少々気づまり。モノレールの駅からシャトルバスが出ているらしく、それに乗ることにした。が、私の調べが甘かった。シャトルバスは一時間に一本。冬のことで日没は早く、あたりはどんどん暗くなる。タクシーに乗るのをためらっている場合ではない。海上道路を渡る頃にはすっかり暮れて、低い山の形をした島のシルエットの頂に、ホテルとおぼしき四角い灯りの塊が。

運転手さんは気さくなのは助かったが、島の道には詳しくないようで「あれ、こっちは入れないのか」と行きつ戻りつするうち、私もわけがわからなくなった。降りたのは商業施設の前。山でいえば中腹にあたる斜面に、店が段々畑状に並んでいるが、強風のため早終いの真っ最中だ。看板や布の庇など、ありとあらゆるものが音を立てるのを、とり押さえて撤収するのに大わらわだ。温泉施設はホテルに併設で、さらに上とのこと。商業施設内を抜けていけるかと思えば、甘かった。道へ戻り、灯りの絶えた急坂を上っていく。

冬の沖縄の寒さについても、私は甘かった。前日に仕事で会った現地の人が「こんなに寒いのはめずらしいです」と言っていたのに。しかもその日は、冬の観光の目玉であるホエールウォッチングが、強風のため中止になったと聞いていたのに。椰子の葉は縦横にあおられ、ちぎれんばかり。私の髪も同様だ。手はかじかみ、頬が無感覚になっていく。遭難の危機をおぼえつつ、必死で上る。

たどり着いたときは、ほっとした。夕陽には間に合わなかったが、水平線と一体の気分を味わおう。

露天風呂へ出るや、風の直撃を受けのけ反る。ここでも私は甘かった。オーシャンビューとは、さえぎるものがないのと同義語だ。肩まで湯に沈めるも、頭が寒すぎ早々に退散。

意外な結末に終わった温泉。だが旅では予想に反した出来事の方が、思い出深いものである。念のため申し添えれば、温泉まで車でちゃんと行けるのでご心配なく。

湖と水路に暮らす

近江にはずっと心ひかれていた。古典や日本史の授業で何度も出てきたところだし、海辺育ちの私は、湖と深く関わる暮らしは未知のものだ。

はじめての土地へのひとり旅では、ボランティアガイドさんが頼りになる。道案内のみならず、自分だけだと遠慮して入りづらいところ、聞けないことも案内してくれる。

近江八幡の市営駐車場で待ち合わせ、新町通りへ曲がると、白壁に黒の出格子。これぞ近江商人の家並みと思うのはいささか早とちり。ボランティアガイドの松村さんによると、出格子はこの町では明治の造り、古い方ではないそうだ。

江戸時代の造りをよく残すのは旧西川家住宅で、創業はなんと安土桃山時代。京、大阪、江戸の日本橋にも店舗を構え、畳表では幕府の御用をつとめていたという。道に面するのは出格子ならぬ摺り上げ戸。左右に開ける引き戸に比べ間口を広くとることができる。店の中央は跳ね上げ戸で、開ければ通り土間を抜け、奥の蔵へ最短距離で物を運べる。説明でわかることがたくさんある。

座敷には墨書の家訓がかかっていた。義を先にして利益を後にせよ、富は恥ずるものではなく「施其徳」すなわち世の中へ役立てればよいと、社会貢献の精神を説いている。

重要伝統的建造物群保存地区を過ぎると茶色いタイル張りの建物が。メンソレータム（今はメンターム）で知られる近江兄弟社だ。創業者は近江商人の兄弟かと思いきや、アメリカ人ヴォーリズと日本人の教え子。社名の由来は、私たちは皆兄弟というキリスト教の考え方だそうだ。

ウィリアム・メレル・ヴォーリズは明治三八年に滋賀県立商業学校の英語教師として赴任、日本人と結婚し、昭和三九年この地に没した。伝道のかたわら病院や学校を設立し、それら社会貢献事業の資金を得るためメンソレータムを輸入、のちに製造販売。建築設計の分野でも活動した。和のイメージの近江八幡に洋風の建物が意外と多いのは、それゆえだったか。旧八幡郵便局もそのひとつ。入口屋根と両脇の窓のアーチ型の飾りが愛らしい。

ヴォーリズ夫妻の晩年の居宅は一柳（ひとつやなぎ）記念館となっている。一見ふつうの木造住宅だが、赤煉瓦の門、白の窓枠、煙突がやや洋風。もとは幼稚園の先生の寮として設計したそうで、児童が遊びに来ることを考え、ドアノブや窓は低い。ここに限らずヴォーリズの建築は、ひと目でそれとわかるような作家性の前面に出るものではなく、住む人を中心に心が配られている。近江に来たのは派遣という偶然、生涯の拠点としたのも、神に与えられたここが生くるべき場所というキリスト教の考えからだそうだが、この町に培われた「施其徳」の精神と通じ合うものがあったのでは。ボーダレス・アートミュージアム NO-MA は、戦後すぐ近江学園ではじまった知的障害児の造形活動を受け継いで、古い町家を改装し、障害の有無を超えた展示をしている。共栄と融和の風土を持つ、この町らしい。

お昼はヴォーリズ建築の民家を店にした bistro だもん亭で。アメリカ出身の陶芸家が器に料理に腕をふるう。午後からは八幡堀を舟で巡る。近江八幡は豊臣秀次が築いた城下町。水運の要である琵琶湖との間に開削した堀は、城が一〇年で廃された後も、この町に商都としての繁栄をもたらした。水にきらめく秋の陽が石垣に、白壁に映じている。城のあった山へは、日牟禮(ひむれ)八幡宮のそばからロープウェイで昇れる。近くにあるクラブハリエ日牟禮カフェの特別室は、これもヴォーリズ設計の民家。ひと休みした後、山頂から琵琶湖を眺めた。

江戸末期の町家を改装した MACHIYA INN が今夜の宿。夕食は宿と提携の店、ひさご寿しでいただく。古い建物に新たな風を吹き込みながら、近江商人の「三方よし」売り手よし買い手よし世間よしを継承するしくみといえそうだ。

二日目は朝から琵琶湖に浮かぶ沖島へ。淡水湖の島に人が住んでいるのは国内で唯一、世界でもめずらしいという。定期船の出る堀切港にて、ボランティアガイドの宮津さんと待ち合わせ。待合所の冷蔵庫には「いつも食材を届けて下さってありがとうございます。沖島小学校」の紙が貼ってある。一〇分足らずで到着。

沖島の歴史は古く、奥津嶋神社は延喜式にも載っている。保元・平治の乱で敗れた落武者七人が住みついて、今いる二五〇人余りの島民のほとんどがその七つの姓ということだ。織田信長の保護を受けた漁業に、今も従事する。早朝の漁なので午前の今は仮眠中、静かに歩くようにと宮津さん。エビをとる籠や刺し網が干してある。トイレのドアが外に面しているのは、濡れた合羽のままじかに入れるようにか。家々の前の小さな畑には、野菜と仏様に供える花々。民家の間が狭いため、島に車はなく、代わりに三輪自転車が、移動と荷物の運搬手段ということだ。

沖島小学校は木造瓦屋根の二階建て。島の子は二人だが、豊かな自然とこまやかに目の届く環境にひかれ、対岸からも一七人通ってきているという。校舎の前は海まで続く芝生で、「なぎさ公園で二時から草刈りをします」という放送が流れてきた。次週の運動会のためらしい。運動会は島民総出。掲示板の貼り紙によると「敬老表彰」「幼児レース」もある。

放送の流れた一一時あたりが、仮眠から起き出す頃のようだ。船着場前の漁協にて、頼んであったお弁当でお昼。漁協の婦人部である湖島婦貴（ことぶき）の会が作るもので、おかずはビワマスやウロリと呼ばれる小魚の甘辛い煮付けなど。外来種は網にかかったら回収する決まりで、固有種を守っているという。

午後は電車とバスを乗り継ぎ五個荘（ごかしょう）へ。広々した田園を抜け、金堂（こんどう）という重要伝統的建造物群保存地区に着く。案内板によると、周囲の田園は古代の条里制の地割りを受け継いでいるらしい。人の暮らしてきた歴史の長さをここでも感じる。

五個荘もまた近江商人の町だが、出格子や揺り上げ戸といった店らしい構えはない。代わりに目につくのは、再利用の舟板を張った土蔵、水辺の植物である葦を葺いた屋根。家々は客を上げるところではなく、あくまでも住まいで、農家の造りをよく残しているという。

農閑期に麻布の行商に出たのがはじまりで、近江商人の中では新しく、江戸時代の後期から盛んになった。天秤棒に括り付けていたのは見本帳。出先で商談がまとまると、飛脚でここへ注文を送った。外村宇兵衛家は、東京、横浜、京都などにも店舗を構えて呉服類を販売し、明治時代の全国の長者番付に名を連ねたが、本宅を店舗のそばへ移すことはしなかった。五個荘の商人たちの特徴で、どれだけ繁盛しても本宅は、ここから離れなかったのだ。

邸内は欄間に彫りがあるでもなく、至って質素。襖の敷居はすり減ったらそこだけ取り替えられる造りにしてあり、堅実な生活道徳がしのばれる。隣の中江準五郎家はついこの前の昭和まで、百貨店を広く経営していた。この町をルーツとし今も続く繊維会社や商社は多い。

家の前の水路では子どもたちがザリガニすくいに夢中だった。そう、ここは日本遺産「琵琶湖とその水辺景観」の構成要素。先人たちの郷里への愛の詰まった屋敷群は、この子たちの記憶の原風景となるのだろう。

親と一泊

「誘うんじゃなかった、奮発して損した」。知人の女性が嘆いていた。連休に父親を連れて旅行したという。

父は地方都市在住で、妻を亡くしてからひとり暮らし。仲違いしているわけではないが親しみにくいタイプゆえ、母の生きていた頃は、何であれ母を介して伝えてきた。

自立して日常生活を営めているものの、八〇過ぎだ。将来はどこに住むか、家や土地の処分はどう考えているか、いちど聞かねばと思うけど、盆や正月は親戚が次々と訪れデリケートな話ができない。

親と旅行し率直に話し合えた人の例を新聞記事で読み、意思疎通を図ろうと決意。父の住む町から行きやすい温泉地に宿を予約し、歴史好きな父のため遺跡を巡るコースをとる。

その選択が裏目に出た。

遺跡を歩くほどに、父は不機嫌になっていった。テーマパークふうの展示をしてあり、当時の装束をまねたガイドがあちこちに立っている。案内板を読む父に、後ろから来て説明をはじめると「じゃまするな！」と一喝。「読んでいるのに頭に入らない」。この人はそれが仕事なんだし、話しかけるよう上から言われているんだろうしと、とりなす娘。以後ガイドの姿を目にするたび、お願いだから近づかないでと祈る思いで胃が痛くなった。

タクシーでまた怒りが爆発。「魏志倭人伝によるとこの辺りは……」。観光案内をはじめる運転手に「君は魏志倭人伝を読んだのか。いい加減なことを言うな！」

旅行に来たのを娘は心から後悔した。将来介護が必要になっても、田畑を売って人を雇うなりホームに入るなり好きにすればいい。性差による反発もある。女性の管理職が少ない世代の自分は、上にも下にも気を遣い、誰かを頭ごなしに叱りつけることや、「です・ます」抜きの命令形でものを言うことはあり得ない。この人はこういう感情表出を、職場でも社会でも許されてきたのか。コミュニケーションの仕方が違いすぎる。

宿での食事も、無口な父とわだかまりを抱えた娘とは会話がはずまず、次の間の布団にひとり手足を伸ばして、ようやくほっと息をついた。

後日、知人の話に付け足しがあった。あの後父親からメールが来たという。「世話になった。次は金を出す」。娘は絶句した。次って……あの旅行が父には楽しかったの?!

意思疎通の端緒は開けたのかもしれない。

父のいたかもしれない場所

年をそこそこ重ねてくると、親の人生をもっと知りたくなるものだ。往々にしてそのときは、すでに機を逸してしまっている。

八〇を過ぎ言動に心もとないところの出てきた父が懐かしむようすをしたのは、帝国ホテルの名を、家で何かの話題から私が口にしたときだ。「ああ、進駐軍へのお遣いでしょっちゅう通った」。大正一二年生まれの父は、病気のため幾度も学業を中断し、戦後ようやっと卒業し国家公務員として働きはじめた。ＧＨＱの高級将校の宿舎となっていた帝国ホテルに、若い官吏が出入りすることがあったかどうかわからない。が、少なくとも年代は合っている。若い日の記憶が父の胸に生き生きしたものをよびさますことになればと、タクシーで連れていった。父は都内に住んでいたが地下鉄を乗り継いでいくのは、すでに難しくなっていた。

帝国ホテルの象徴ともいえるロビーの巨大なシャンデリアを眺める。父の頬はほのかに上気し、瞳にはクリスタルガラスの燦めきが映っていた。満足そうなようすに安堵しつつも、父のもらしたひとことが気になった。いいところだ、初めて来た、と。進駐軍のいた頃へ話を向けると「え、ここは帝国ホテル？」。

私は言葉を失った。ひとつには父の衰えの進んでいることに。ここへ来るタクシーの中でも、帝国ホテルに行くと繰り返し言ったが、直前の記憶を保持できなくなっている。もうひとつは自分のうかつさだ。帝国ホテルが昭和四十年代に建て替えられていることを忘れて、連れてきてしまった。

後日単身、愛知県の明治村を訪ねた。建て替え前のエントランスとロビーが移築保存されていると聞いた。バスの着く正門からなだらかな丘陵をなす園地を歩き、いちばん奥にそれはあった。方形の池の向こうに、大谷石と煉瓦を積んだ壁や柱が銅葺き屋根を左右に従え、威容を誇っている。

ロビーに佇(たたず)み、父の記憶にあるのはここかと思うと同時に、遅きに失したことを悟った。

ほどなく父の在宅介護がはじまり、九〇歳で見送って、それからは家を空けやすくなり、電車とバスを乗り継いでここまで来ることは、とてもできない。

この夏の旅は上高地帝国ホテルに来ている。

バスの通る道を左に折れ、ゆるやかな坂を下ると、木立の中に赤い三角屋根が現れる。石の上に丸太を組んだ建物は、堂々としながらどこか愛らしく、子どもの頃憧れたアルプスの少女の家を思わせる。それもそのはず、スイスの山小屋をイメージしたもの。昭和八年に開業したときは木造で、その後鉄筋コンクリートに建て替えたが、外観は前のものを継承したという。屋根の勾配や土台の石は、積雪に耐えるためだ。冬は道路が深い雪におおわれ、ホテルは半年間山々とともに眠りにつく。

ロビーやラウンジに敷き詰められているのは石ならぬ、輪切りの栗の木。乾燥するとひび割れるため、ほぼ毎日水を遣り、半年間の休みを経て春に客を迎える前には、二万四千個あるそれをひとつひとつ叩き、音で傷みがないかどうかを確かめるという。建物も呼吸しているのだ。冬の眠りの間のみならず、眠りと覚醒を繰り返す何年、何十年という歳月も。

客室に入れば、漆喰塗りのような白い壁、太い梁、落ち着いた木の調度品。椅子の背にエーデルワイスの彫りが施されている。日本の職人の作った洋家具が、私は好きだ。明治になって外国人が居留しはじめた頃、彼らの求めるものを懸命に探りながら、誇りをもって伝統の技をつぎ込んだ。この椅子の由来を私は知らないが、昭和の初めに日本にはまだなかったヨーロッパ式山岳リゾートホテルを作るのは、同様の志であっただろう。

テーブルの上には双眼鏡、星座の早見表、そして小さなオルゴール。街の喧噪を離れたこの地での滞在を、昼も夜も楽しんでほしいという願いを感じる。ミネラルウォーターはここでは要らない。水栓をひねると出てくるのは、濾過した湧き水。今晩のお風呂が待ち遠しい。寝るときはベッドにスムーズに入れるよう、デュベの端を折り込まずに下げてあるのは、東京の帝国ホテルと同じだ。

ベランダからの涼風に誘われ、周辺を散策する。せせらぎの音を頼りに、シラカバやダケカンバの林を下りていき、橋のあるたび右岸左岸と渡り返しつつ、梓川の上流へと歩いた。水は透明でありながら、あるときは翡翠色にあるときは深い緑にと、宝石にもまさる輝きを放つ。日本アルプスの総鎮守、穂高神社の奥宮の案内板には、神降地（かみこうち）なる地名の由来が記されていた。たしかに澄んだ池も、囲む森も、水面に浮く鴨（かも）までも、神がそこへ配置したかに思われる。

　帰路で、バスターミナルが近づく頃、ひとりの老紳士が目を引いた。軽登山の服装の人が多い中、まるで結婚式を終え上着を脱いだかのように、折り目のついた黒のスラックスと白いワイシャツでいたからだ。たまたま停まっていたバスに乗れば、その便が沢渡（さわんど）へ行く最終だった。ドアが閉まりかけたとき、ターミナルの係員が運転手に向かって声を出す。ひとりそこまで来ているが、早足ができないので待ってほしいと。乗り込んだのはさきほどの老紳士。遅延の詫びと礼を言いながら、居心地の悪そうにせず、むしろはれやかで満ち足りた表情なのが印象的だった。

　帝国ホテル前でバスを降りると、紳士も続く。手ぶらなのは、ここに滞在しているのだろうか。坂が歩きづらくないか気になりながらも先を急ぐと、ホテルの人が小走りに迎えにきて、ほっとした。客の顔を覚えていて、すぐにみつけるのだろう。

　先を急いだのにはわけがあり、夕方ラウンジの暖炉で火入れが行われると聞く。ホルン型の巨大な煙突が、吹き抜けの天井へとそびえ、その下の薪に火を点ずるのだ。標高一五〇〇メートルのここは、夏でも日没後は火が恋しいほどに冷涼となる。

ベルボーイが洋式のふいごで風を送る。早まるふいごの動きに合わせ、見守る客が手拍子をする。赤々と炎が立つや、暖炉は拍手と和やかな歓声に包まれた。ホテルではかつて経験したことのない一体感が、そこにあった。

「お客様のほうが貴重なものをお寄せ下さるんですよ」とスタッフ。読書室に展示してあった、昭和初期の木製スキーなどを見ていたときだ。親が蔵していたという接収時代の写真を、持ってきた人もいるそうだ。

展示品のひとつであるオルゴールを聞かせていただく。部屋にあるのと同じスイスの老舗リュージュ社製で、こちらは一四四の弁を持つ。金属製のシリンダーに毛髪ほどの細さのピンが植えられ、シリンダーが回転すると、そばにある金属製の櫛の歯のようなものを、ピンが弾くしくみだ。奏でるのは「別れの曲」。櫛の歯はさながらピアノの鍵盤で、見えない小人が叩いているかのようである。シンギングバードと呼ばれるオルゴールもあり、こちらはパイプオルガンとからくり時計のしくみで、小鳥の人形がさえずるのだ。二つを鳴らすと、さえずりが「別れの曲」に伴奏する。胸にしみるその音色は、心の澱(おり)を洗い流し、深いところにある泉をめざめさせるようだった。

ディナータイムが近づいて、ラウンジには人が降りてきている。山岳リゾートホテルのこと、堅苦しい服装の人はいないが、男性ならアスコットタイ、女性なら小ぶりのネックレスをするなど昼間より少しドレスアップしていて、場所への敬意とそこでの時間を上質なものにしたいという思いが伝わってきた。

鈴の音を合図に、ダイニングルームへ移動する。入口でスタッフが、手回しのオルゴールで歓迎する。象眼細工のオルゴールで、湖と三角屋根の家が描かれていた。

暖かな臙脂(えんじ)色をしたビロードのカーテン、天井近い窓のステンドグラス、客室のベッドリネンと同じくしみひとつない白いテーブルクロスが、はれがましい。銀のカトラリーには製造年が刻印され、すり減って読めないものもある。私の人生より長い時を生き続けてきたものもあるだろう。上高地帝国ホテルは開業して八六年になる。

信州産蕎麦の実をはじめ地元の産品を生かしたオードブルやスープ、東京と同じくホテル内のベーカリーで焼いたパン、帝国ホテル伝統のローストビーフなどの美味とならんで私の心をとらえたのは、食事をする人々の表情だ。どのテーブルの人も、バスに乗り合わせた老紳士の表情に似てはれやかで穏やかで、ひとことで言えば幸せそうだった。ここが好きで、好きなところにいるうれしさでいっぱいに、私には見えた。

この中には毎年来る人もいれば、一生にいちどの贅沢と思いきって来た人もいるはずだ。結婚記念日、快気祝い、退職して第二の門出など何らかの節目にあって、さっきのオルゴールを聞くだけで涙しそうな人も、きっと。

さまざまな背景を持つ人の誰もがくつろぎ、笑顔になれる雰囲気をスタッフが作り上げている。「ローストビーフ、もう一枚いかがですか」と声をかけたり、バターのお代わりを恥ずかしそうに頼むご婦人には「お気持ちわかります、私もバターが大好きです」とひとこと添えたり。ここのスタッフは料理長も含めた全員が東京から来て、半年間同じメンバーが常駐する。ほとんどが志願しての派遣と聞いた。宿泊客にすれば東京の帝国ホテルと同じ水準のサービスを、上高地ならではのスタッフとの距離感の中で受けられるのだ。

翌朝は大正池を散策する。大正四年に焼岳(やけだけ)が噴火した際、泥流が梓川をせき止め一夜にしてできた。池の中に木々が立ち枯れているのは、一〇四年前のそのとき水没した林である。

汀に立つと、立ち枯れの木々が少なくなっているのを驚き惜しむ声が、傍らの人から聞かれた。百年の歳月は、枯死した木々にも流れたのだ。水底に没し、やがては土に還っていく。

ここならば父を連れてくることができた。この旅では帝国ホテルのハイヤーを利用したが、自宅の玄関まで迎えにきて、途中の休憩のとり方も老親のペースに合わせられるし、ドライバーはサービス介助士の資格を有している。母は七十そこそこで亡くなったので、私の社会人としての成長が間に合わなかったが、父に関してはもっと早くに思いついていれば、できた。若い日の記憶のある場所ではないけれど、滞在しこまやかなホスピタリティにふれ、自然との調和と周囲の人々の温かな気のようなものに包まれることは、父の晩年をよりゆたかにしただろう。

遅すぎたと悔やむまい。親の人生を思うもうひとつの場所と、この年だからこそ出会えた。そう思える。

生きていたら九五歳

一一月は父の誕生月だ。一九二三年、東京の生まれである。

五年間にわたる在宅介護の末に九〇歳で亡くなった。

一九二三年といえば関東大震災のあった年。父の母、私にとっての祖母は産み月近いお腹を抱え、さぞやたいへんだっただろう。父の幼い頃は余震が頻繁だったようで、思い出話をよくしていた。日頃はおとなしいお母さんが、ちょっとでも揺れるや脱兎のごとく駆け出して、縁側の窓を開け放った、と。逃げ道を確保する習慣が身についていたようだ。

その思い出がいつの間にか、東日本大震災といっしょくたになってきた。しかも話の中の女性が私の母に変わっている。あのおとなしいあなたがたのお母さんが、ちょっとでも揺れるや脱兎のごとく駆け出して、縁側の窓を……という具合。私の中の時系列が混乱する。母は東日本大震災よりずっと前に亡くなっているし、両親の住んでいた家に縁側はない。

介護の五年間の間に、混乱することが増えていった。

テレビに子どものお守りをさせるのはよくないと、昔から言われる。親を子ども扱いしては失礼だが、私は家事の間つい父の前のテレビをつけてしまっていた。家事をしていてこわいのは、目を離した隙に父が椅子から立とうとして転倒することだが、テレビに注意が引きつけられていれば、その危険を避けられる。自然番組にチャンネルを合わせていた。

画面は風雪に耐えるペンギンたちである。ベランダから洗濯物をとり込んできた私に父が訊ねる。「外はかなり積もっている?」。私は棒を呑んだように固まる。夏の盛りで、父は楊柳のシャツ一枚、私は汗だくでいるのに、だ。今がいつかを忘れないよう、日めくりを壁に掛けていたが、そういう段階ではないと知った。

ショックを受ける時期が過ぎると、安らかな次元に入る。テレビを見ていた父が「ずぶ濡れだけど、だいじょうぶ?」。画面は海から上がったダイバーたちだ。私はうつむいてニヤッとする。かわいい、あの人たちのことを現実にいると思っている。父は続けて私に指示する。「タオルを貸してあげなさい」。私はさらに下を向きニヤつく。やさしい、心配してあげている。若かった頃はわざわざ意識することのなかった父の性格の特徴を、再発見する思いだ。

生きていれば九五歳。亡くなった親の年を数える一一月である。

母の煮魚、かすかに苦く

煮魚をよく作る。鰈は平たく、火が通りやすいので特に。かすかな泥臭さのある皮に、醤油とみりんの汁がしみている。鰭の部分は少しぬるつき、苦味もあって、小骨を外しつつたんねんに味わっていると、私の好みも大人になったものだなと思う。

子どもの頃は煮魚を内心あまりよろこばなかった。洋食の方が実は楽しみだった。私が小学校に上がる前は、昭和四十年代初め。ファミレスもファストフードもなく、外食そのものをめったにしなかった頃。母がたまに作るグラタンやクリームシチュー、チキンライス、オムライスといったものが、特別な感じがして胸が躍った。それらスプーンですくえるものと比べて煮魚は、箸づかいのまだそれほど上手くない子どもには食べづらいし、色もいかにも地味である。

ある日夕飯だと呼ばれて、台所につながる二畳の和室へ行くと、卓袱台の上はみごとに茶色。鰈の煮付け、白菜の煮浸し、味噌汁。私はつい口を滑らせた。「あ、今日は私の嫌いなものばっかり」。

言った瞬間、しまったと思った。食べ物について好き嫌いや旨い不味いをけっして言ってはいけないと、教えられている。栄養をまんべんなくとるためだろうが、父母とも両親が戦争を経験しているせいもあろう。あの頃は食べ物がなくて死んでいった人もたくさんいた、贅沢を言っては罰が当たると、日頃より聞いている。その教えをうっかり破ってしまった。どれほど怒られるかと思った。が、母は静かにひとこと「そう、なら、食べなくていい」と台所へ引っ込んだ。

虚を突かれ、それから激しく動揺した。叱られることはあっても、母に背を向けられるのははじめてだ。

その先はよく覚えていない。驚きのあまり大泣きし、夕飯抜きにはならなかった気がするから、どこかのタイミングで詫びを入れ許されたのだろう。

思い出すと、五〇年も前のことなのに痛みが走る。正しくないふるまいをしたという反省以上に、母に対する罪の意識だ。母の作ったものを容赦ない言葉で否定した。幼いとは傲慢なことでもある。親が私の養育に時間と心を捧げるのを、当たり前のように受け止めて感謝もなかった。彼らの献身に、その後の私は少しは報いることができただろうか。

煮魚の甘辛さ、かすかな苦さには、後悔の味も交じっている。

黒板と本のある部屋で

玄関までお出迎え下さる吉沢久子さんへのご挨拶もそこそこに、洗面所へ直行して手を洗う。玄関を入ってすぐの部屋へ戻れば、食卓には大きな飯台とバット。覆いをとるや立ち上るのは、寿司飯に搾った柚子の香り、油揚げを煮付けた醬油の香り。歓声を上げて寿司飯を手にするところから、いなり寿司パーティーがはじまる。

どんなふうに年をとりたいかと人に問われるたびに私は、吉沢久子さんのお名前を挙げてきた。吉沢さんは大正七年生まれの生活評論家、エッセイスト。対談でご縁ができて、その仕事が終わった後も数名の女性とともにお宅を訪ね、ご夕食を共にする交流が続いた。夕食はいつも、いなり寿司パーティー。揚げに詰めるというういちばん面白いところを私たちが体験できるよう、この日この時間に合わせて吉沢さんは油揚げを取り寄せ、寿司飯をご用意下さる。計画性と手配の要ることだ。当時ですでに九十代半ばであった。

不揃いないなり寿司が大皿に満載になる頃には、さまざまなお惣菜が食卓に並ぶ。柿の白和え、もってのほかという菊のお膾(なます)。お庭で摘んだ春菊のサラダ。乾杯の後、「そうだ、いただいた笹蒲鉾があった」

台所へ小走りするお姿に、私はうれしさがこみ上げる。私には楽しくて仕方ないこのお集まりを、吉沢さんも楽しんで下さっているのだ。

話題はさまざまである。テレビで見た自然番組。吉沢さんとお親しい阿部絢子さんのホームステイした国の掃除の仕方や環境問題への取り組み。少し気になる社会のできごと。

箸を盛んに動かしながら笑い声の絶えないのは、女性どうしのホームパーティーらしい光景だが、変わっているところがあるとすれば、周囲の壁が本で埋め尽くされていることだろうか。知らない人が見たら「書斎でホームパーティーとは？」と訝しむかもしれないが、本人たちに違和感がないのは、そこにいる誰にとっても本は身近であるからだ。

私の席の後ろには、学校の教室のような大きな黒板があって「むれの会」の文字と次回の日付が、白のチョークで記されていた。

「むれの会」については存じ上げていた。このお部屋で四〇年ほど続く勉強会で、女性たちが月にいちど集まり、各の興味のあることを研究発表、合評した後、ごはんになると。

そのときの食卓も、こんな雰囲気では、と想像する。会のメンバーの女性たちにもきっと、本があるのは、飲んだり食べたり息をしたりするのと同じくらい自然な光景なのだろう。四〇年の間には介護をはじめさまざまな事情があったはずで、それでも続いてきたところに、メンバーがいかにだいじにしている場なのかを感じた。

こうした光景は、しかし、当たり前に成立するものではない。かつては教育の機会からして、男性と女性は異なった。私の母は吉沢さんと八つ違いの、元号が昭和に変わる年の生まれ。共に、戦前に教育を受けた世代である。女性が自分の用事で家をあけにくい風潮も長く続いた。女性が各の興味に従って学び、集まることができるのは、歴史上実は限られた状況なのである。

戦争が起きれば、談笑もごちそうもたやすく消える。先生のご本『あの頃のこと　吉沢久子、27歳。戦時下の日記』で強く感じた。空襲警報に脅えながら、お茶ガラのつくだ煮、さつま芋がほとんどの粥で飢えをしのぐ。勉強し、おいしいごはんと共に分かち合える場を持てる状況を守り抜かねば。

元号が平成から令和に変わる年、吉沢さんは百一歳で亡くなった。黒板と本のあるあの部屋の光景は、私の中の永遠だ。

しなくてすむことをする贅沢

子どもの頃、冬が近づくと家の中は少しずつ変わっていった。卓袱台のようにしていた炬燵(こたつ)に、編み物のカバーがかけられ、天板にはみかんのかごが。ストーブが部屋のまん中に据えられ、やかんが載せられ、しるしるという静かな音が、湯気とともに立ちはじめる。やがて冷え込みがきびしくなると、水滴でおおわれた窓硝子に指で文字が書けるように。透けた線の向こうに、雪のちらつくのが見えることもあった。

昔の日本家屋は寒かった。廊下に出ると身震いし、それだけに炬燵へもぐり込むとほっとする。体を内側から暖めるよう、母はよく葛(くず)湯を作った。掛け布団は厚くなり、中に毛布を重ねて、枕元に揃える明日の道具には、幼稚園のかばんに加えて手袋と襟巻きが。

ふっくらしたもの、やわらかいものが身のまわりに増え、穴の中に巣ごもりする動物のよう。冬は寒いし、扁桃腺を腫らす癖のあった私はそうなるとつらいけれど、どこかで待ち遠しい季節でもあった。

マンションの一室に住んでいる今の私は、特別な冬支度は必要ない。数年前まで、寒くなるとストーブを出しホットカーペットを家具の下に敷き込んでいたけれど、床暖房にしてからはスイッチひとつで暖をとれる。大がかりな衣替えもしなくてすむよう、服はクローゼットに収まるぶんだけを持つようにした。

負担感を減らしても、負担感を減らしたからこそ、小さな冬支度を心にゆとりをもって行えるようになっている。

晴れた日に布団を干して、ふかふかに。夏の間しまってあったストールやツイード地の帽子なども陽に当てる。クローゼットの中のものは並べ替え。ハンガーパイプが手前と奥と二本あるが、コットンの服を奥へ、ウールやニットのものを、ハンガーごと手前に移すのだ。目にふれるところに暖かい質感のものが来ると、袖を通すのが楽しみになる。

肌着やくつ下を出してみて、足りないものは買い足し、綻びのあるものは繕う。暖かな床に座って、ストーブのやかんに代わる加湿器のかすかな音を聞きながら、無心に針を動かす時間。

キッチンでは夏の間あまり使わなかった深い鍋を磨く。これからの季節よく作るのは、大根の煮物、里芋と油揚げの汁物、人参を蒸すことも。冬は根菜がおいしいし、火のそばにいるのが気持ちいいので、時間をかけて調理するのが苦にならない。大根の葉は、糠漬けにする。漬け物は昔は、冬の間の保存食でもあったのだ。

風邪かなと思ったときの飲み物は、生姜はちみつ、それとやっぱり葛湯である。お湯を注げばできるものもあるが、ときどきは母がしていたように鍋でふつふつさせながら、透明になるまで練り上げる。
大がかりなことはしないと言いながら、寝室だけカーテンを掛け替えるようになった。夏は麻に似た張りのある素材で白っぽいグレーにピンクの柄のものを。冬はベルベットの落ち着いたローズ色のを。カーテンを変えるなんて、冬支度を負担に感じていた頃なら考えもしなかったこと。しなくてもすむことをしたくなるのは、贅沢な冬支度といえるだろう。

私が趣味で親しんでいる俳句の季語には、冬を暖かく過ごすためのものがたくさんある。寒風が吹き込まないよう、外へ出て北側の窓に板を打ちつけたり、菰(こも)を結いつけ雪囲いをしたり。昔の冬支度はたいへんそう。

室内に至っては、目にするもののほとんどが季語になっているのではと思うくらい。ストーブ、湯気立て、膝掛け、炬燵はもちろん布団まで季語。布団なんて年じゅうあるものだけど、冬にひときわ、暖かさがうれしいからだ。

俳句では季節を迎える気持ちをたいせつにする、と言われる。その心を受け継ぎながら、今の自分が家事にかけられる時間と体力に合わせ、巡り来る季節に向けて暮らしを整えていきたい。

趣味を持つこと

「だって、季語があるんでしょう」。俳句に尻込みする人の多くが、口にすること。

テレビの影響か、俳句に興味を持つ人は増えている気がする。芸能人が先生にこっぴどくダメ出しされる、赤ペンで添削されると結構それらしいものになる。俳句って意外と面白そう。何らかの趣味を持つ方がいいと思っていたし。あの番組を見ているとちょっとやってみたくなる。そんな感想を、俳句が趣味の私に言ってくる。

その人たちに「じゃあ実際にやってみましょう！」とお誘いすると、まず返ってくるのがさきの反応。季語を入れなきゃいけないらしいけど、何が季語かも知らないから。そして、語彙がない、教養がない、感性がないと続くのだ。赤ペン先生の夏井いつきさんもこの三つを、自分は俳句には向かないとする人が挙げる、三大理由だと話していた。

私は声を大にして言う。季語を知らなくてもだいじょうぶ、歳時記という本に出ていると。

そう聞いて歳時記を手にとり、目次を開いてみた段階で挫折する人も。

「俳句をやる人って、こんなのみんな頭に入っているの?!」

と戦意喪失するのである。それは間違い。覚えられるはずないし、その必要もない。歳時記は、受験で暗記させられた英単語本とは違う。句会では誰もが歳時記をめくりながら句を作る。いわば持ち込みが公認されているカンニングペーパー。私は句会のときに限らず、いつでも傍らに置いている。

俳句に親しむこと、一〇年となった。きっかけは俳句番組への出演だ。赤ペンでダメ出しされる某民放の番組ではなく、今は司会をつとめている「NHK俳句」にゲスト出演した。俳句のことは知らなかったが、ゲストにはそうした人が呼ばれることの方が、むしろ多い。出演した二五分はあれよあれよというちに終わったが、なんとなく面白そうだし、これをご縁にやってみるかと、番組のインターネット投稿に月一句ずつ送ることにした。

が、入選はおろか佳作にもならず、コメントを聞けないことには、自分の五七五が俳句になっているのかどうかさえわからない。やめかけたところへ、知人から句会に誘われた。

そこではまず、季語は覚えていなくても、だんだんに歳時記を読んでいけばいいとわかる。が、語彙、教養、感性の「三ない」にはまだとらわれていたのだ。

そもそも俳句というのはお寺とか古池とか柿といったものを詠むと思い込んでいたので、入江泰吉の大和路の写真をそのまま五七五に移し替えたような句ばかり、句会に出していた。それも仏像をただ「仏像」と言っては芸がない、「半跏思惟（はんかしゆい）」とか「如意輪（にょいりん）」とかいった言葉を使う方が、より高尚な句になりそう。半跏思惟の像の掌（たなごころ）をかすめる風に秋の気配が、みたいなことを詠み、季節の微妙な変化をとらえる感性があるフリをして。

　それらがいかに見当外れだったかを、句会で互いに句を読み合い、コメントし合う中で知る。それは当然。私は語彙も教養もあるんですと言いたげな句に、誰が共感するだろう。

　そして季節の移ろいは、私が無理して言わなくても、季語が代わりに受け持ってくれる。季語の中に、その事物によって引き起こされる私の思い、のみならず、昔から人がその事物に寄せてきた思いが、すべて入っているからだ。

　私という個の枠組み、私の人生の長さを超えた大きな世界を、季語は包含している。季語は俳句に親しむ上でのじゃまものではなかった。構えを捨てて近づけば、その大きな世界に、私を抱き取ってくれるものだった。

　老後に向けて夢中になれることのあるだいじさが言われ、その流れでか、俳句について聞かれることが多くなっている。私が伝えられるのは、俳句に限らず趣味を持つよろこびだ。むろん趣味のひとつとして、俳句に興味を持ってくれればうれしい。そして俳句を作るには至らなかったとしても、季語の豊かな世界にふれてもらえたらと願っている。

愛用の学習ノート

五〇近くなってはじめた俳句。

句会というと、畳に正座し短冊に筆でさらさらと書きつけるもの、句帳というと和紙を糸で綴じたものを想像されるようだが、実際はずいぶん違う。

短冊はA4のコピー用紙を細長く切ったもの、句帳にいたっては、私の用いているのはB5判の縦罫ノート。固有名詞を言ってしまうと、ジャポニカ学習帳の「国語　15行」。スーパーのレジ脇などで誰もが目にしているだろう、表紙に植物のカラー写真のついた緑のノートだ。

これが便利なのは大きいこと。一ページの上下二段に句を書ける。

俳句雑誌の付録によくあるのは、ポケットに入る小さな句帳。それだと作った句を、句会で短冊に書き写して投句するのに、「ええっと、どこだっけ」とページをめくり返して探さないといけない。

B5判だとひと目でわかる。一覧性にすぐれている。

このサイズのノートの中でもジャポニカが特にいいのは、どこにでも売っている。安い。

その割に紙がじょうぶ。また小学生向けなので、おまけとして豆知識的なページがあり「道具を使う鳥　ハゲワシ」みたいな暇ネタで、句会で点が入らずにうちひしがれる私を慰めてくれる（？）。

俳句をはじめて五年過ぎた頃から、テレビ番組「NHK俳句」の司会をつとめているが、このジャポニカ学習帳を持つ私の姿は、番組控え室における「名物」となっている。収録後にはスタッフの勉強のため、控え室で句会をするのが慣例である。自分の句にプロの指導者からコメントをもらえるなんて、俳句を学ぶ身には願ってもない機会。一言一句も聞きもらすまいとペンを構えて即メモ。そのために行間を開けて、句を書いている。その名のとおり、学習のためのノートなのだ。

この学習ノート、難があるとすれば、持ち歩くと目立つこと。句会には、外を散策し、そこにあった題材で作った句を出す、吟行句会というものがある。酉の市の神社を吟行した際、境内の片隅でこっそりと書きつけていたら、「税務調査ですか？」と尋ねられてしまった。すみません。

以後、場所柄によってはポケッタブルの句帳も、使うようにしている。

これだから、やめられない

俳句を学んで一〇年だが、いまだにとまどうことばかりだ。入門してまず言われるのが、ものをよく見て作るようにと。

矛盾するのが兼題で、句会に出すための題を前もって指定される。たいていは季語の中から決められて、見ることのできるものかどうかは斟酌されない。「羊の毛刈る」は春の季語だが、現代の日本で実際に見たことのある人がどれくらいいるのだろう。

町育ちの私は、農事の季語全般に弱い。それって何？　にはじまり歳時記の解説を読み、なおもイメージできなければ、よろしくないとは思いつつネットで画像を検索する。

「稲の花」もそのひとつだ。解説によると初秋の晴れた日、青い籾が割れて雄しべの先の袋が破れ、飛び散る花粉を、純白の羽毛のような雌しべが受ける。花粉の命はほんのわずかな間とか。これはお手上げだなと思った。周囲に田はなく、訪ねていっても稀にしか見られぬ花ならば。

そしてこの例句に出会った。

空へゆく階段のなし稲の花　田中裕明

瞬間私の視界には、天上への階段がすっくりと現れた。幾十枚もの棚田が澄んだ空へと積み上がり、白い雌しべが輝いて、無数の花粉もきらめきながら舞っている。「なし」の否定は実は「ある」のではと感じさせる修辞だが、それを支えるのは、咲いたところに遭遇することすら奇跡といえる「稲の花」の存在感だ。

見たことのないもの、見えるはずのないものまで、見せる。これだから俳句はやめられない。

五年先の未来

文具店の日記売り場に行ってみた。知人が五年日記をつけることにしたと聞いて影響された。時の経つのが年々早くなっている。諸事に追われ「あれは去年のことだっけ？　嘘、もう三年も経つの」といったことが多い。たまには腰を落ち着けて、長めのスパンで自分を見つめるのもよさそうだ。

私の心持ちもずいぶんと変わったものである。がんの予後が五年生存率で示されるのを変に意識して、治療してしばらくは、五年先を考えるのを避けていた。あえて視野を短くとって、目先のことに集中するうち気がつけば五年過ぎていた、となるのが理想だと。

年末近い日記売り場は込んでいる。人の間から棚を覗き、百年用のがあることに驚いた。手にとると冒頭には、この百年の歴史が表になっている。このノートをつける動機はどんなものだろう。時代背景を振り返りつつ、人生を文字に残しておきたい思いからか。大河ドラマを書き抜くくらいのエネルギーが要りそうだ。

百年日記に圧倒されてか、五年日記を開いてからも、私はやや怖じ気づいてしまっていた。一日が一ページで五つのスペースに区切られて、上から順に埋めていけば、昨年の今日、三年前の今日は何をしていたかがわかるしくみ。逆に言えば一年生きても、全ページの五分の四は白いままだ。

その余白にプレッシャーを感じる。次の年の同じ日、何が起きているのか、平常心でこのノートを開ける状況かどうか、どきどきしてきた。五年間はやっぱり長い。

プレッシャーはノートが立派すぎるためもありそうだ。箱入りのハードカバー、表紙は布で金の文字が捺してある。いまどき書物にもめったにないつくり。襟を正して向き合うことを迫られるようだ。学習ノートくらいの簡便さのはないかしら。

他の商品も革表紙だったり、金で自分の名を入れられたりと、なかなか立派。五年間毎日めくるから、つくりに頑丈さが求められるし、少なくとも三六五ページはあるわけで、厚みの出るのは致し方ない。

その日は買わずに帰ってきた。私には未来を視野に入れるより、過ぎてみれば五年という生き方が合うのか。いや、老いを間近に控える身。そんなことは言っていられない。腹を据えねば！

思いのほか動揺した日記売り場。少しは耐性がついたから、日を改めて出直そう。

悔いなきように

　昼間の電車に乗ると、席が空いていた。一五分ばかりだが座っていこう。窓越しに当たる陽ざしが心地よく、たちまち眠りに引き込まれそうに。乗り過ごしてはいけないと懸命に踏みとどまるも、周囲の景色がしだいにかすみ……。膝に抱えたバッグに額が当たって、はっとする。涎が垂れていなかった？　顔を上げる前に口元を拭う。先日は美容院でシャンプーの際、不覚にも鼾をかいてしまった。「すみません……」と赤面。

　年とともに夜の眠りは浅くなっている。途中いちどはトイレに起きる。その代わりに、というべきか、出先でほんのわずかな間に、深い眠りに落ちることが多くなった。睡眠不足を体がおのずと補おうとするのか。

　乗り過ごしのおそれのない飛行機では、周囲の皆さん、それは盛大に鼾をかいている。中年以上の男性は特に。機内は振動音のようなものが常にしているので、かき消してくれるものという、気の弛みもあるのだろうか。「ガーッ、ゴーッ」と傍若無人なまでに響き渡る。眠りを破られる私としては心中は穏やかでないけれど、突然「ガルガルッ」と泡を吹くようにして止まると、それはそれで気になる。だいじょうぶか、何か異変が起きたのでは。

ある昼間は特急列車に乗っていた。車内は空いており話し声もなく、寝るには絶好の条件だったが、途中駅で降りる私は緊張感を持って座っていた。

通路を挟んで斜め前は白髪の男性。脂気のない白髪だが、間に透ける頭皮はつややかで、さほどの高齢ではないと思われる。肘掛けにはポロシャツらしき半袖の腕。例にもれず派手に鼾をかいている。自分の鼾で目が覚めてしまいそうな音量で、そうなったら、この静かな車内、かなり気恥ずかしいだろうなと思っていた。

急に止んで、やがて上体が肘掛けの方へ傾いてくる。肩がずれ、背中の半分くらいが座席からはみ出して、通路をふさがんばかりである。たまたま来た乗務員が困惑し、ささやくような声をかけ、次いで遠慮がちに肩を叩くが、動かない。

後方から女性がひとり進み出て、男性の手首をとった。乗務員を振り仰ぎ「脈がふれていません」。緊急停車した駅で、担架によって降ろされていく。所持品はクラッチバッグのみ。旅行でなく、ちょっとした用で日帰りの予定だったのか。

走行を再開してから、乗務員が来て小声で私に告げた。「さきほどのお客様はお亡くなりになりました」。警察から状況の問い合わせがあるかもしれず、連絡先を教えてほしいと。電話番号を書きつつも、あまりのあっけなさに信じがたい思いだ。家族には報せがいっただろうか。あの軽装では、家を出るとき、まさか今生の別れになるとはゆめにも思わなかっただろう。最後に交わした言葉は何なのか。喧嘩でもしてそれきりになったなら、悔いが残るに違いない。ご家族の胸の内を思いつつ、ご冥福をお祈りした。

詫びや御礼は先延ばしするなと、よく言われることが、にわかに重みを持ってくる。日々の質、どうかすると一生の質を支えるのは、そうしたことなのかもしれない。

「ありがとう」「ごめんなさい」はその場で言おう、そして齢をあまり恥じるまいとも思った。

落ち込む心を、半分許そう

小さな落ち込みはしょっちゅう経験するけれど、割合すぐに立ち直る。性格がどちらかというと楽観的なせいだろう。望まない事態が起きても「ま、こういうことばかりでもないでしょう」とやり過ごせる。

その楽観が通じない出来事が、たまにある。四〇歳で経験したがんがそうで、ご存じのかたには「また、その話？」と言われそうで気がひけるが、逆境となるとそれを超えるものを思いつかないので、書かせていただきたい。

私の経験したのは虫垂がんというめずらしいがんで、健康診断で行う検査にはまず引っかかってこない。がんとわかったとき「早期発見でよかったですね」と言われる段階を過ぎていた。

手術で取ったが再発する可能性もあり、治ったかどうかは、五年過ぎてみないとわからないという。めずらしいがんなので自分でも調べてみたところ、再発したら進行は早く効く薬はない、とあるのを読み、胸に何かぶつかったと思うほどの衝撃を受けた。再発したら残りの命は、一年とか一年半といった単位に限られてしまうのか。

治ったかどうかわからないといっても、五年間病院のベッドで寝て待っているわけではない。できる治療はすべてしたからには、生活の場に戻り、仕事を含めたふつうの暮らしを再びはじめなくては。もうすぐ死ぬかもしれないのに、近所の人と笑って挨拶なんかできるのだろうか、取引先の人と世間話なんてできるのだろうか。

とまどいながらも、退院すれば待ったなしだ。心の半分は再発不安という暗い穴に陥ったままだったが、それでも日々が回ることは回るとわかった。がんを人に言っていなかったし、旅のエッセイも書く私。雑誌で振られるテーマは、骨董市で器と出会う、至福の温泉宿といった、穴の中の方の自分からすれば「それどころではないもの」が多い……というよりほとんどだ。が、いざ骨董市に行くと「ん？　これよりは、さっきのお店の器の方がよいのでは」とついつい夢中になってしまい、露天風呂につかれば、五感は嘘をつかないから「ああ、いいお湯」と手足を伸ばし、全身で気持ちよさを味わっている。そういうとき、穴の中に置いてきたつもりの自分も行動をしている自分と、いつの間にかひとつになっているのだ。

穴から引きずり上げなければと、無理しない。素知らぬ顔で、残り半分の自分でもって、なるべくふだんどおりのことをする。その方法で気がつけば、再発の可能性があるといわれる五年間を過ぎていた。

それからさらに五年以上経って、がんに関する検査は、たまに受ける程度になっていたが、ある日めずらしく病院から電話があった。検査の結果がおもわしくなかったので、なるべく早く来るようにと。そのときの落ち込みは、われながら想像外だった。折悪しく次の日から旅の取材が予定されていたが、行きたくない。病院で再検査し、結果が出るまで、誰とも会いたくない。旅の間ずっとふつうの顔で話し、足湯とか温泉名物蒸し料理とかを楽しむなんて、とうてい無理。

がん後の五年間で心が少しは鍛えられたかと思っていたが、これほどまでに弱かったのかと驚いた。がんと告げられたわけではない、疑わしいというだけで、何もかも投げ出したくなろうとは。

しかし「がんの治療をするので」ならまだしも「がんかもしれないので、明日からの出張やめます」なんて、そんな理屈は通らない。

観念して予定どおり出かけ、行ってしまえば、ふつうにしている自分がいた。同行者と笑顔で話し、温泉の蒸気の噴き出し口にかごを自分でセットする料理では、かごの載せ方とか蓋をとるタイミングとか、やはり真剣になっていたのである。

強い心を持てなくていい。半分は落ち込んだまま放っておき、後の半分で、あえて素知らぬふうにふるまう。そうするうち、残る半分もいつしかついてくるものだ。二度目のがん騒動で、私は再びそう学んだ。

幸いそのときの再検査は異常なしで、がんから一八回目の春を迎える。

あとがき

パソコンやスマホは日常的に使うが、表示される言葉が「十年前の私なら、何のことかさっぱりわからなかったな」と思うことが多々ある。この本に出てきた「同期」もそうだし、キャッシュとかアカウントとかも「現金？　計算書？」となるだろう。今も正確に理解はしておらず、なんとなくこんなことかと推測し、どうにかついていっている。

困ることは多いが利点もあり、そちらは活用させていただいている（おのずと敬語になる）。買い物はほんとうに楽になった。いろいろな店を探し歩かないといけなかった靴とか、持ち帰るのに重かった食品類は特に、家にいながらにして注文し届けてもらえるありがたさ。パソコンに届くメールをスマホで受信し、電車での移動中に返信できるのは、帰宅後のメール処理の時間を減らし、睡眠時間を増やすのに役立っている。

女性の平均寿命を二で割れば、四四歳で半分を超えたことになるが、折り返し地点を実感するのは五十代だとつくづく思う。重いものを扱うのが体力的につらくなり、長年使い続けた鍋を処分したのは、象徴的だ。

でも手放す一方ではない。圧力鍋もいったん処分したものの、「調理時間の短縮には、ある方がやっぱりいいな」と思い返して、買い直した。感動的に軽い蓋のものが発売されていたのだ。圧力鍋は蒸気を中に閉じ込めるため、蓋が重いのは必定と思っていたが、何も重さで押し込めなくても、密閉できる仕組みがあればいいわけで。圧力調理そのものまでいっきにあきらめなくても、今の自分の体力に応じて味方につけられる鍋があると知った。

合わなくなるもの、要らないもの、省けることがわかる反面、取り入れたいもの、欲しくなるもの、してみたいことも出てくる。そうした足し算、引き算の適齢期が五十代では。店じまいの準備としての総決算とはちょっと違う、改装のための棚卸しになぞらえられようか。

風通しをよくした状態で、五十代からの人生を快適に過ごしていきたい。

いつも西暦で書くあとがきの日付を今年は元号にしてみたい令和二年の春に　岸本葉子

初出一覧

「昔の人」になってきた？　「原子力文化」二〇一九年六月号　（一財）日本原子力文化財団

もしかして詐欺　「くらしの知恵」二〇一九年一月号　共同通信社

騙されやすい人　「原子力文化」二〇一九年八月号　（一財）日本原子力文化財団

親切に弱くなっている　「くらしの知恵」二〇一九年一一月号　共同通信社

スマホの「困った」　「くらしの知恵」二〇一九年五月号　共同通信社

はじめてのフリマ　「くらしの知恵」二〇一九年七月号　共同通信社

傘の耐用年数は　「くらしの知恵」二〇一九年九月号　共同通信社

空焚きしていた！　「くらしの知恵」二〇一九年二月号　共同通信社

やかんを新調　「原子力文化」二〇一九年一一月号　（一財）日本原子力文化財団

重い鍋にさようなら　「日本経済新聞」人生後半はじめまして　二〇一八年九月二七日夕刊

収納と体力と　「日本経済新聞」人生後半はじめまして　二〇一八一一月二五日夕刊

「りぼんの騎士」な私たち　「日本経済新聞」人生後半はじめまして　二〇一八年一〇月二五日夕刊

引き出しのつまみを「姫系」に　「Freeke 別館　おしゃれカフェ」（ブログ）二〇一九年八月四日、一八日、二五日、九月一日、八日、一五日、二二日

無駄話に助けられる　「Freeke 別館　おしゃれカフェ」（ブログ）二〇一九年一一月一七日、二四日、一二月一日、八日（一部書き下ろし）

ほどほどに聞く　「日本経済新聞」人生後半はじめまして　二〇一八年九月二〇日夕刊

ズルはできない　「信濃毎日新聞」幸せわたしサイズ　二〇一九年二月三日

ないと意外に困るもの　「原子力文化」二〇一八一二月号　（一財）日本原子力文化財団

メモする習慣　「原子力文化」二〇一九年二月号　（一財）日本原子力文化財団

初出一覧

紙で簡単、スケジュール管理　「日本経済新聞」人生後半はじめまして　二〇一九年一月一七日夕刊

睡眠時間、どれくらい？　「原子力文化」二〇一九年四月号　（一財）日本原子力文化財団

布団が意外に重かった　「くらしの知恵」二〇一九年五月号　共同通信社

まさかベッドから落ちるとは　「原子力文化」二〇一九年一〇月号　（一財）日本原子力文化財団

カーペットをまる洗い　「くらしの知恵」二〇一八年一一月号　共同通信社

埃はいつの間に　「俳句春秋」一五一号　ＮＨＫ学園

しみ取りにはまる　「信濃毎日新聞」幸せわたしサイズ　二〇一九年一月六日

グレイヘアにひかれつつ　「Freeke 別館　おしゃれカフェ」（ブログ）二〇一八年一二月九日、一六日、二三日、二〇一九年一月六日、一三日、二〇日

髪の手入れに終わりはない　「Freeke 別館　おしゃれカフェ」（ブログ）二〇一九年一月二七日、二月三日、一〇日

眉はどんどん薄くなる　「くらしの知恵」二〇一九年一〇月号　共同通信社

歯の詰め物がとれたらば　「原子力文化」二〇一九年三月号　（一財）日本原子力文化財団

ストレス食い？　「日本経済新聞」人生後半はじめまして　二〇一九一一月一日夕刊

ぽっこりお腹を凹ませたい　「くらしの知恵」二〇一九年四月号　共同通信社

数字を気にしてしまうけど　「信濃毎日新聞」幸せわたしサイズ　二〇一八年一二月二日

油抜きの一週間　「くらしの知恵」二〇一九年一月号　共同通信社

買いおきをする派、しない派　「原子力文化」二〇一九年一月号　（一財）日本原子力文化財団

面倒な昼ごはん　「日本経済新聞」人生後半はじめまして　二〇一八一〇月一六日夕刊

歩く効用　「コンセンサス」二〇一八年一二月／二〇一九年一月号　コンセンサス編集部（NEC IMC本部内）

意外に健脚　「くらしの知恵」二〇一八年一二月号　共同通信社

体の硬い人　「原子力文化」二〇一九年七月号　（一財）日本原子力文化財団

「ちょい太」でいいのかも　「原子力文化」二〇一八年三月号　（一財）日本原子力文化財団

残念な座り方　「日本経済新聞」人生後半はじめまして　二〇一八年九月六日夕刊

カッコイイことになっている　「Freeke別館　おしゃれカフェ」（ブログ）二〇一九年二月一七日、二四日、三月三日、一〇日、一七日

去ってほしい流行　「Freeke 別館　おしゃれカフェ」（ブログ）二〇一九年三月二四日、三一日、四月七日

素材はだいじ　「Zekoo 日本いいもの再発見」宮田織物 タイアップ記事　二〇一九年七月第一六四号　株式会社ライトアップショッピングクラブ

指輪のサイズ　「日本経済新聞」人生後半はじめまして　二〇一九年二月二八日夕刊

首のやつれをカバーしたい　「Freeke 別館　おしゃれカフェ」（ブログ）二〇一九年四月二八日、五月五日、一二日、一九日

「残り一点」にあおられて　「Freeke 別館　おしゃれカフェ」（ブログ）二〇一九年五月二六日、六月二日

裁縫にトライ　「Freeke 別館　おしゃれカフェ」（ブログ）二〇一九年六月二三日、三〇日、七月七日、二一日、二八日

老眼鏡がないと　「日本経済新聞」人生後半はじめまして　二〇一九年一月二四日夕刊

元気、ときどき不調　「日本経済新聞」人生後半はじめまして　二〇一八年一一月一五日夕刊

そろそろセミリタイア？　「日本経済新聞」人生後半はじめまして　二〇一九年二月二一日夕刊

在宅ワークに必要なもの　「日本経済新聞」人生後半はじめまして　二〇一八年一二月一三日夕刊

家計簿アプリ　「くらしの知恵」二〇一八年一〇月号　共同通信社

住みたい老人ホーム　「日本経済新聞」人生後半はじめまして　二〇一八年一一月二九日夕刊

投資用マンション　「日本経済新聞」人生後半はじめまして　二〇一八年一一月〇八日夕刊

備えと美観　「日本経済新聞」人生後半はじめまして　二〇一八年一二月六日夕刊

空気の質　「信濃毎日新聞」幸せわたしサイズ　二〇一八年一一月四日

温度の問題　「原子力文化」二〇一九年九月号　（一財）日本原子力文化財団

初出一覧

年末年始の過ごし方　「日本経済新聞」人生後半はじめまして　二〇一八年一二月二七日夕刊

正月に目標を立てる　「日本経済新聞」人生後半はじめまして　二〇一九年一月一〇日夕刊

いっきにするのは無理みたい　「日本経済新聞」人生後半はじめまして　二〇一九年二月一四日夕刊

続けていないと、できなくなる　「日本経済新聞」人生後半はじめまして　二〇一九年一月三一日夕刊

銭湯で休まる　「日本経済新聞」人生後半はじめまして　二〇一八年一〇月四日夕刊

ワイルドな地へ、まだ行ける？　「日本経済新聞」人生後半はじめまして　二〇一八年九月一三日夕刊

頑張りすぎないひとり旅　「旅行読売」二〇一八年四月号

まち巡りバスで楽々　「くらしの知恵」二〇一九年六月号　共同通信社

三九〇円の温泉　「原子力文化」二〇一九年五月号　（一財）日本原子力文化財団

海に面した露天風呂　ＪＴＢカード会員誌「トラベル＆ライフ」二〇一九年二・三月号

湖と水路に暮らす　「ノジュール」二〇一八年一一月号　ＪＴＢパブリッシング

親と一泊　「日本経済新聞」人生後半はじめまして　二〇一九年二月七日夕刊

父のいたかもしれない場所　帝国ホテル会報誌「IMPERIAL」二〇一九年一〇六号

生きていたら九十五歳　「日本経済新聞」人生後半はじめまして　二〇一八年一一月二二日夕刊

母の煮魚、かすかに苦く　「ＰＨＰくらしラク～る♪」二〇一八年一二月号　ＰＨＰ研究所

黒板と本のある部屋で　「むれ集う」二〇一八年二月　むれの会

しなくてすむことをする贅沢　「天然生活」二〇一九年二月号　扶桑社

趣味を持つこと　「本の窓」二〇一八年五月号　小学館

愛用の学習ノート　「俳句四季」二〇一九年三月号　東京四季出版

これだから、やめられない　「朝日新聞」朝日俳壇　二〇一八年九月一六日

五年先の未来　「日本経済新聞」人生後半はじめまして　二〇一八年一二月二〇日夕刊

悔いなきように　「信濃毎日新聞」幸せわたしサイズ　二〇一九年三月三日

落ち込む心を、半分許そう　「ＰＨＰ」二〇一八年新年号　ＰＨＰ研究所

本書は初出原稿に加筆修正した。
装画　オオノ・マユミ
装幀　中央公論新社デザイン室

岸本葉子

1961年鎌倉市生まれ。東京大学教養学部卒業。エッセイスト。会社勤務を経て、中国北京に留学。著書に『がんから始まる』『がんから５年』『ためない心の整理術――もっとスッキリ暮らしたい』、吉沢久子氏との共著『ひとりの老後は大丈夫？』（以上文春文庫）、『「そこそこ」でいきましょう』『エッセイの書き方――読んでもらえる文章のコツ』『二人の親を見送って』『捨てきらなくてもいいじゃない？』（中公文庫）、『生と死をめぐる断想』『50代からしたくなるコト、なくていいモノ』（以上中央公論新社）、『50歳になるって、あんがい、楽しい。』『50代の暮らしって、こんなふう。』（だいわ文庫）、『週末の人生――カフェはじめます』（双葉文庫）、『ちょっと早めの老い支度（正・続・続々）』（オレンジページ）、『ひとり上手』（海竜社）、『週末介護』（晶文社）、『俳句、はじめました』（角川ソフィア文庫）、『俳句、やめられません』（小学館）、『ひとり老後、賢く楽しむ』（文響社）など多数。

５0代、足していいもの、引いていいもの

2020年２月10日　初版発行

著　者　岸本葉子

発行者　松田陽三

発行所　中央公論新社

〒100-8152　東京都千代田区大手町1-7-1
電話　販売 03-5299-1730　編集 03-5299-1740
URL http://www.chuko.co.jp/

ＤＴＰ　平面惑星
印　刷　大日本印刷
製　本　小泉製本

Published by CHUOKORON-SHINSHA, INC.
Printed in Japan　ISBN978-4-12-005265-1 C0095

岸本葉子＊好評既刊

生と死をめぐる断想

人はどこから来てどこへ行くのか？　がんを経験した著者が治療や瞑想の体験や仏教・神道・心理学の渉猟から、生老病死や時間と存在について辿り着いた境地を語る。

50代からしたくなるコト、なくていいモノ

今だから、わかる。なりたかった私。今からなら、できる。悔いのない日々への準備。確かな自分の生き方をみつけるヒントが満載！

エッセイの書き方
読んでもらえる文章のコツ

エッセイ道30年の人気作家が、スマホ時代の文章術を大公開。起承転結の転に機転を利かし自分の「えーっ」を読み手の「へえーっ」に換える極意とは？

〈中公文庫〉

二人の親を見送って

老いの途上で親の死は必ず訪れる。介護や看取りを経て、変化するカラダとココロ、人と自然のつながりを優しく見つめ直す感動のエッセイ。

〈中公文庫〉

捨てきらなくてもいいじゃない？

何を捨てたらいいかわからない？　ココロとカラダの変化にあわせてモノに向き合い「持ちつつも、小さく暮らせる」ライフスタイルを提案。

〈中公文庫〉